JUL - - 2014

I0630254

PETAWAWA PUBLIC LIBRARY

JUL - 2014

PETAWAWA
PUBLIC LIBRARY

TU VAS PAYER

Du même auteur, dans la même collection :

Le fantôme de Sarah Fisher
Murder party
Sauve-toi Nora !

TU VAS PAYER

AGNÈS LAROCHE

RAGEOT

Cet ouvrage a été imprimé sur un papier
issu de forêts gérées durablement,
de sources contrôlées.

Certifié PEFC

Ce produit est issu
de forêts gérées
durablement et de
sources contrôlées.

PEFC™
10-32-2580   pefc-france.org

Couverture de Lorenzo Mastroianni.

ISBN 978-2-7002-3915-7
ISSN 1766-3016

© RAGEOT-ÉDITEUR – Paris, 2013.
Tous droits de reproduction, de traduction et d'adaptation réservés
pour tous pays. Loi n° 49-956 du 16-07-1949 sur les publications
destinées à la jeunesse.

Malgré nos recherches, nous n'avons pu retrouver
les ayants-droit des documents suivants :
Page 22 : « Finis les mauvais jours », collection Aimé Pétraz,
Page 49 : « Économisez le pain », collection Aimé Pétraz.
Page 50 : « Vous avez la clé des camps », collection Aimé Pétraz.

Septembre

Dugain est un gros salopard.

Tellement gros, tellement salopard que je voudrais l'écrire en lettres géantes sur le mur de sa baraque.

En lettres de sang.

De son sang.

Le sang de la honte.

Il habite à côté de chez nous depuis un an, dans une vieille ferme qu'il a rachetée pour une misère, au milieu de ses vaches, de ses moutons et de ses cochons, des bêtes si grasses que rien que de les regarder ça me donne faim.

L'autre soir, mon père a dit :

– Je sais pas ce qui me retient de lui attraper un de ses porcs... Je l'égorgerais, on boufferait tout l'hiver dessus. Non, je sais pas ce qui me retient !

Ma mère a reniflé.

– T'as pas de courage, voilà ce qui te retient.

Il a repoussé son assiette.

– Parce que toi, t'en as du courage, peut-être ?

Elle a ri, méchante.

– Oui monsieur, assez pour nous nourrir en tout cas ! Me lever le matin à cinq heures pour filer au bourg en vélo, faire le ménage chez le notaire, chez le maire, chez le toubib, nettoyer leur crasse et leurs draps sales, pendant que toi tu restes là toute la journée à rien faire.

Il a tapé du poing sur la table.

– C'est ma faute si la scierie a brûlé ? Et si plus personne n'embauche ? Il n'y a plus de travail, qu'est-ce que j'y peux ?

– T'y peux que si t'avais bien voulu être paysan comme ton père et ton grand-père avant toi, on n'en serait pas là. Mais non, monsieur a préféré se débarrasser des terres pour aller faire l'ouvrier… On voit le résultat !

Il a vidé son verre d'un trait, puis il a ricané.

– Tiens donc ! Parce que quand je t'ai rencontrée, t'avais envie d'être femme de paysan ? Première nouvelle !

Elle a haussé les épaules avant d'ajouter :

– Et si tu perdais pas ton temps à boire comme un trou, Dugain t'aurait peut-être pris pour s'occuper de ses bêtes, au lieu d'engager cet imbécile de Claude !

Mon père a beuglé :

– Pas question de bosser pour ce vendu ! Plutôt crever !

– Ben ne te gêne surtout pas ! elle lui a répondu.

C'était reparti pour un tour.

Je les ai laissés s'engueuler et je suis monté dans ma chambre.

Comme d'habitude, je me suis posté derrière ma fenêtre pour épier le voisin.

Ses allées et venues, les visites qu'il reçoit jusqu'à pas d'heure.

Pour l'instant j'observe, mais le 2 octobre je passerai à l'action.

Le 2 octobre, c'est le jour de l'anniversaire de Gilbert, mon frère, un mardi.

Et le mardi, ça tombe bien.

Le mardi, Dugain invite du beau linge.

Des salopards comme lui.

Ça rit, ça boit, ça fait la fête jusqu'à une heure du matin et hop, tout le monde s'en va.

Après, il éteint les lumières, il se couche et il doit s'endormir comme un plomb, abruti par trop de gigot à l'ail et trop d'alcool.

Inoffensif.

Incapable de réagir.

Tellement abruti que le lendemain, souvent, il n'ouvre pas ses volets avant neuf ou dix heures.

Il doit cuver, bon à rien, vautré au fond de son lit.

La paresse, il peut se permettre, il a les moyens.

A F F I C H E

A TOUS LES FRANÇAIS

La France a perdu une bataille!
Mais la France n'a pas perdu la guerre!

Des gouvernants de rencontre ont pu capituler, cédant à la panique, oubliant l'honneur, livrant le pays à la servitude. Cependant, rien n'est perdu!

Rien n'est perdu, parce que cette guerre est une guerre mondiale. Dans l'univers libre, des forces immenses n'ont pas encore donné. Un jour, ces forces écraseront l'ennemi. Il faut que la France, ce jour-là, soit présente à la victoire. Alors, elle retrouvera sa liberté et sa grandeur. Tel est mon but, mon seul but!

Voilà pourquoi je convie tous les Français, où qu'ils se trouvent, à s'unir à moi dans l'action, dans le sacrifice et dans l'espérance.

Notre patrie est en péril de mort.
Luttons tous pour la sauver!

VIVE LA FRANCE !

18 JUIN 1940

GÉNÉRAL DE GAULLE

Affiche placardée sur les murs de Londres à partir de juillet 1940.
Source : Fondation Charles de Gaulle.

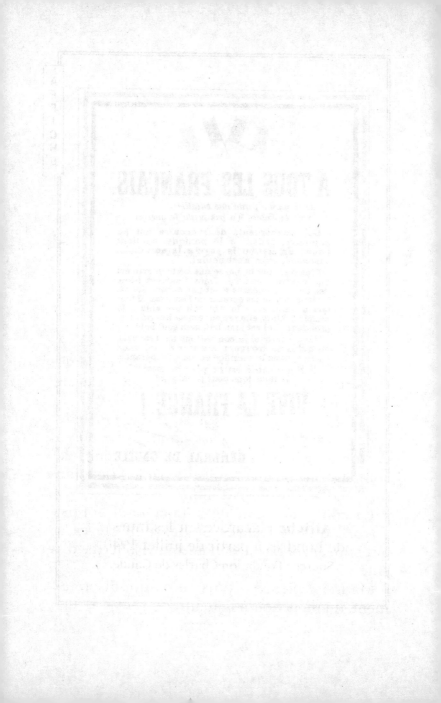

Mardi 2 octobre

Voilà, on y est.

L'anniversaire de Gilbert.

Vingt et un ans.

Sauf qu'il est mort depuis deux mois et demi, Gilbert, et que sur la table, ce soir, il n'y avait que trois assiettes.

Pas de gâteau, bien sûr, juste une omelette avec les œufs de nos deux poules, une purée de topinambours et une tranche de pain de son plus fine qu'une feuille de papier. De toute façon nous n'avions pas faim.

La comtoise vient de sonner neuf coups, encore quatre heures et des poussières à attendre avant que je déboule dans la ferme d'à côté.

Ma mère pleure depuis ce matin, discrètement, un mouchoir à la main.

Mon père n'a quasiment pas dessaoulé depuis hier et il est déjà monté se coucher depuis un moment, ce n'est pas plus mal.

En deux jours, il a dû liquider les deux ou trois bouteilles de piquette qui restaient à la cave, à partir de maintenant il va devoir y renoncer. Sauf si je lui en rapporte de chez Dugain, qui a de sacrées provisions, lui. Non, pas une bonne idée.

Moi, j'ai passé l'après-midi dehors. J'ai rejoint Émile et Gabriel devant chez eux, et on est partis tirer des oiseaux au lance-pierres.

Je suis revenu bredouille, je n'avais pas la tête à ça.

Quand j'ai poussé la porte de la maison, ma mère était assise devant le poêle à bois. Elle feuilletait les cahiers d'écolier de mon frère.

Mes parents, je crois qu'ils préféraient Gilbert. Normal.

Même moi, je crois que je préférais Gilbert.

Plus beau que moi, plus gentil que moi, plus intelligent que moi, et bien meilleur élève que moi.

Il a quitté le lycée à cause de la guerre. Ces trois dernières années, il travaillait à la scierie lui aussi, mais on savait que c'était provisoire parce qu'un jour, il nous avait annoncé :

– Je veux devenir instituteur, je vais préparer le concours. Il paraît qu'ils manquent de candidats.

Mon père avait grogné un truc incompréhensible, ma mère avait dit qu'il fallait fêter ça.

Il ne deviendra rien du tout finalement, Gilbert. Il est mort le lendemain de mon quinzième anniversaire, quatre mois après son départ pour le STO.

Le Service du Travail Obligatoire, en Allemagne, où on l'a envoyé de force.

Là-bas, il était manutentionnaire dans une usine qui fabriquait des moteurs d'avions, près de Berlin. Lui qui n'était pas très costaud, il devait soulever des caisses plus lourdes qu'un veau, douze heures par jour.

À bout de fatigue, il a attrapé une maladie qui l'a emporté en moins d'une semaine.

Un problème aux poumons.

C'est ce qu'on a nous raconté, en tout cas.

Le maire est venu nous prévenir en personne, un matin, un courrier officiel à la main.

Il nous l'a lu, là, dans la cuisine, sans nous regarder dans les yeux.

Puis il a enchaîné sur le rapatriement du corps et les obsèques.

Ma mère est tombée toute molle sur le sol, mon père a crié et s'est jeté sur le bonhomme pour l'étrangler, et moi j'ai essayé de le retenir en pleurant.

Après, tout s'est effondré dans notre vie, comme un château de cartes sur lequel on a soufflé trop fort.

La scierie a brûlé, du coup mon père et moi on a perdu notre travail, bientôt il n'y a plus eu un sou à la maison. En plus de la couture pour les dames du village, ma mère a été obligée de faire des ménages, et mes parents ont commencé à s'engueuler chaque soir.

Moi, pendant que le maire bafouillait pour nous dire à quel point il était désolé, je pensais à la baffe que Dugain avait donnée à mon frère, la veille de son départ pour l'Allemagne.

Gilbert ne voulait pas s'en aller, évidemment.

– J'en reviendrai pas du STO, je suis sûr que j'en reviendrai pas, il répétait.

L'après-midi même, il avait disparu, ma mère l'avait cherché partout, en vain.

Moi, je savais où le trouver.

Dans le bois du Fond.

C'est là qu'on se planquait, lui et moi, quand ça n'allait pas.

J'ai marché un bon moment dans cette forêt que je connais par cœur.

J'ai emprunté tous les sentiers familiers sans parvenir à le retrouver.

Je commençais à m'inquiéter, à craindre qu'il ait fait une bêtise, à trop s'approcher de l'étang par exemple, et à s'y laisser couler.

J'ai accéléré le pas, couru entre les troncs serrés, repoussé les broussailles à coups de bâton, et je suis arrivé devant l'étendue d'eau.

Il gisait sur la rive, à moitié trempé, couché dans la boue épaisse.

Il avait une bouteille vide dans la main.

Je me suis accroupi à côté de lui.

– Je veux pas partir. Je veux pas, je veux pas, je veux pas, il répétait.

Il puait le vin, lui qui ne buvait jamais, sauf un verre à Noël et aux anniversaires.

Je l'ai aidé à s'asseoir et il a lancé sa bouteille à la flotte.

– J'aurais dû... J'aurais dû faire ce que j'avais dit, il a bredouillé. Rejoindre le maquis, les résistants... Mais maman elle ne voulait pas, oh non, elle avait bien trop peur qu'il m'arrive malheur, que je ne revienne jamais... Et papa qui prétendait que ça leur attirerait que des ennuis... J'aurais pas dû les écouter, hein, Paul ?

– Je sais pas, j'ai murmuré, la gorge serrée. Allez, viens.

J'ai passé son bras autour de mes épaules et on a fait demi-tour.

Il a pleuré pendant tout le trajet, moi je me taisais.

J'avais honte.

Honte de moi.

Parce que j'étais soulagé d'être trop jeune pour partir jouer les esclaves des boches.

Parce que j'étais soulagé que ce soit lui qui s'y colle, et pas moi.

Il avait tellement de mal à avancer qu'il nous a fallu plus d'une heure pour rentrer.

Une fois devant le portail de la maison, Gilbert s'est retourné et il a aperçu le gros Dugain, grimpé sur une échelle posée contre la façade de sa ferme.

Il rafistolait un volet branlant.

Là, mon frère a vu rouge.

Il a retrouvé sa vigueur, soudain, et il s'est précipité sur le voisin.

Il a saisi les montants de l'échelle et il les a secoués violemment, comme si l'alcool, après l'avoir abattu, décuplait ses forces.

Dugain a hurlé :

– Arrête tout de suite, je vais me casser la gueule ! Arrête je te dis !

Mais Gilbert a continué un moment, puis tout d'un coup il a renoncé. Il s'est reculé de deux pas en ricanant :

– T'as eu peur, hein ?

L'autre est descendu de son perchoir à toute allure, furieux, et il s'est planté devant nous, les mains sur les hanches. Énorme. Un ogre.

– Ça va pas non ? Qu'est-ce qui te prend, t'as bu, c'est ça ?

Mon frère l'a regardé sans répondre, puis il a déboutonné sa braguette et il lui a pissé dessus. Dugain a été si surpris qu'il a attendu trois ou quatre secondes avant de s'écarter d'un bond.

– T'es malade ou quoi ? il a braillé.

– Non, a rétorqué Gilbert, c'est toi le malade, c'est toi qui fricotes avec les Allemands. C'est à cause de toi si on m'envoie chez eux, hein ?

– Quoi ? Bien sûr que non ! T'as été convoqué parce que c'est la loi, c'est tout !

Mon frère a ricané.

– Ben voyons ! Tu leur as donné mon nom pour que je parte plus vite, hein, c'est ça ? Collabo, va !

Et là, le voisin l'a giflé.

Si fort que Gilbert s'est effondré par terre, au beau milieu de sa propre pisse, minable, trop saoul pour se relever.

Cette image, la dernière que j'ai de mon frère, je ne l'oublierai pas.

Et pour ça, Dugain, tout à l'heure tu vas payer.

Affiche de propagande datant de 1943
en faveur du recrutement de travailleurs
pour l'Allemagne
(visée par l'ORAFF, l'Office de Répartition
de l'Affichage, créé en 1941 à Paris
par les autorités allemandes).

Mardi 2 octobre, 22 h 10

Ma mère a le front collé à la fenêtre depuis vingt bonnes minutes.

– Je vais me coucher, je suis fatiguée, elle dit.

Pourtant elle ne bouge pas. Elle soupire, elle renifle, puis :

– Ça commence déjà à arriver, à côté. Je préfère pas voir ça.

Elle se détourne, traverse lentement la pièce, m'effleure la joue d'un baiser absent et continue jusqu'à la chambre.

Je prends sa place devant la vitre.

Chez Dugain, cinq types en uniforme descendent d'une grosse voiture noire.

Des officiers allemands, sans doute basés à Pontarlier.

J'en reconnais deux, l'Obersturmführer Müller, un grand maigre avec des lunettes qui a eu sa photo dans le journal, et l'autre, au cou épais, qui se tient si droit.

Des habitués.

Le voisin leur a sûrement préparé de bons petits plats.

Il paraît qu'il cuisine très bien.

C'est notre ancienne institutrice, Mme Crozier, qui nous l'a dit.

Dugain les a invités, elle et son mari, peu de temps après son arrivée. Elle nous a aussi raconté qu'il était originaire du Périgord, qu'avant il était paysan là-bas, et qu'il avait tout lâché pour venir s'installer ici, dans la ferme d'à côté, à cause d'une vilaine histoire avec sa femme.

Il avait besoin de mettre de la distance entre elle et lui.

Mon père, il n'en a pas cru une miette.

– De la distance, tu parles ! Il est louche, ce type, ça se voit à sa figure, et je suis sûr qu'il n'est pas plus paysan que moi !

Pourtant, Dugain, il faut reconnaître qu'il a l'air de connaître le métier. Il s'en sort plutôt bien, avec les champs, les animaux et les vignes.

Mieux que ma mère avec ses moutons, qui refusait qu'on les tue parce qu'elle s'y attachait.

Des bêtes que mon père lui avait offertes bien avant la guerre, pour qu'elle puisse jouer les bergères.

Résultat, qu'elle y soit attachée ou pas, on a vendu le troupeau pour pas cher au voisin. Bien obligés, on avait besoin d'argent. Il nous en manquait toujours pour finir le mois. Le peu qu'on gagnait, mon père le buvait au bistrot du bourg. Pourtant, juste avant de partir, les gens d'à côté, les Nompeix, lui avaient cédé le contenu de leur cave pour pas grand-chose. Sans doute que ça ne lui suffisait pas.

En tout cas, Dugain, lui, ne se gêne pas pour égorger les agneaux et en régaler ses copains.

Le jour de son emménagement, Gilbert, qui ne pouvait jamais s'empêcher d'être serviable, a proposé de lui donner un coup de main.

Moi, je n'ai pas voulu, je préférais aller à la pêche avec Émile.

Quand mon frère est rentré à la maison, il n'en revenait pas. Il avait déchargé du camion des caisses pleines de conserves, de jambons, de saucissons, de confitures, de vin et de liqueurs.

Le nouveau venu, grand comme une armoire, gros comme un cochon trop nourri, s'est présenté chez nous à la tombée de la nuit avec un bocal de cassoulet et deux bouteilles de rouge, pour remercier.

– Votre fils m'a bien aidé, alors… Ça vient de la ferme de mes parents, près de Sarlat.

Mon père se méfiait déjà, sans doute l'instinct.

Il ne l'a pas laissé entrer.

Il a pris les cadeaux, il les a posés sur la table de la cuisine, il a dit bonsoir, même pas merci, et il a refermé la porte.

– Qu'est-ce qu'il croit ? il a lancé. Qu'on n'a pas de quoi se payer à boire et à manger ? Et comment il s'est débrouillé pour transporter tout ça au nez et à la barbe des Allemands, hein ?

– Il veut nous amadouer, a ajouté ma mère, il va pas tarder à nous demander quelque chose.

Finalement, il ne nous a rien demandé.

Mais pendant qu'on s'enfonçait dans la misère à cause de la guerre, il a continué à nous narguer avec sa bonne mine et c'était pire.

Son cassoulet, on a fini par lui faire un sort, parce qu'avec les tickets de rationnement on ne mange pas à notre faim tous les jours, même si on a la chance d'avoir un potager.

On manque de tout.

De viande, de sucre, de pain, sans parler du savon, des vêtements, des chaussures.

Et on ne s'approvisionne pas au marché noir, c'est trop cher et puis c'est risqué.

Le voisin, lui, je suis sûr qu'il ne manque de rien.

Au début, Gilbert ne comprenait pas pourquoi on en avait après ce type-là.

– Il tient sa ferme, il paie son ouvrier, il dit bonjour, où est le problème ? il demandait souvent.

Mon père secouait la tête d'un air entendu.

– Le problème, c'est que t'es trop bon, tu vois le bien partout, surtout là où il est pas.

Mon frère ne discutait pas, il sentait que ce n'était pas la peine.

Même quand Dugain a racheté les moutons et notre vieille Peugeot, il a pris sa défense :

– Ça ne vous rend pas service peut-être ? Vous n'en avez pas besoin, de cet argent ? Vu qu'on ne peut plus se procurer de carburant, elle sert à quoi la voiture ?

Là, mon père, il a gueulé un grand coup :

– Mais t'es con ou quoi ? Au prix qu'on lui a vendue, il peut s'estimer heureux, c'est presque de l'escroquerie ! Et puis tu crois qu'il va se gêner pour nous narguer, à klaxonner devant chez nous, ou à faire brouter les bêtes dans le pré juste en bas de la maison ? De l'essence, lui, il en trouvera, et je préfère pas savoir comment !

Il n'avait pas insisté, Gilbert.

Mais peu après, il s'était brusquement rangé à l'avis général. Dugain était bien un gros salopard.

Un collabo, qui faisait ami-ami avec les Allemands sans se cacher, sous notre nez.

Affiche de propagande datant
du printemps 1943 en faveur
du recrutement de travailleurs
pour l'Allemagne
(visée par l'ORAFF, l'Office de Répartition
de l'Affichage, créé en 1941 à Paris
par les autorités allemandes).
Source : Archives départementales
de Seine Maritime (Cote 63FI29).

Relève et STO

À partir de mai 1942, les autorités allemandes exigent de la main-d'œuvre pour compenser l'absence des soldats envoyés sur le front de l'Est. La relève est mise en place en France. Pour le départ de trois ouvriers français, un prisonnier serait libéré.

La relève se révèle un échec. Dès 1942, le chef du gouvernement Pierre Laval organise le Service du Travail Obligatoire. Le 16 février 1943, le STO est instauré. Jusqu'en juin 1944, il y aura 650 000 départs au titre du STO. Beaucoup de jeunes Français désireux d'y échapper entrent dans la résistance et prennent le maquis.

Mardi 2 octobre, 22 h 30

Devant chez Dugain, maintenant, il y a deux voitures.

Soit huit ou neuf boches en visite à la ferme.

Les parents dorment, je ne les entends pas.

Ou bien ils pleurent sans bruit.

Je suis remonté dans notre chambre, à Gilbert et à moi.

On n'a pas débarrassé ses affaires, ça me ferait trop mal au cœur.

C'est là, assis à son bureau, devant la fenêtre, un soir qu'il préparait le concours pour devenir instituteur, qu'il a compris ce qu'il se passait à côté.

Allongé sur mon lit, je lisais pour la cinquième fois *Le Tour du monde en 80 jours*.

Ce livre et tous mes autres Jules Verne étaient à ma mère quand elle était gamine. Elle a beau ne pas avoir été longtemps à l'école, elle adore lire. Ou plutôt, elle adorait, parce que ces derniers mois, elle n'a plus vraiment le temps.

J'ai entendu :

– Paul, viens voir. Les Allemands débarquent chez Dugain, va y avoir du grabuge.

Quoi, les Allemands ici ?

En rase campagne, à plusieurs kilomètres du bourg le plus proche et si loin de Pontarlier ?

On ne les avait pas vus souvent jusqu'à présent.

Il avait raison.

Trois officiers se tenaient devant la porte de la ferme d'à côté, bien droits, sanglés dans leur uniforme.

Le voisin leur a ouvert, et il n'y a pas eu de grabuge. Ils sont repartis dix minutes plus tard, en riant et en parlant fort, des bouteilles et des bocaux plein les bras.

Gilbert était furieux.

– L'ordure ! Il leur vend ses saloperies, ou il leur donne, c'est pas mieux.

– Dis donc, si ça se trouve, les Allemands, ils lui rendent des services à Dugain, j'ai suggéré, alors en échange il leur refile de quoi se régaler, et peut-être des tuyaux sur les uns et les autres. Un collabo, quoi.

Il a secoué la tête.

– J'en sais rien, mais c'est dégueulasse de fréquenter ces gens-là, et sous notre nez en plus, sans se gêner !

– Tu vois, j'ai ajouté, papa avait raison, il est louche ce type !

– On ne peut pas le laisser faire ça ! Les accueillir en amis, s'enrichir grâce à eux pendant qu'ils tuent les nôtres, qu'ils arrêtent les Juifs, qu'ils...

Plus sa colère montait, plus il parlait fort.

Les parents nous ont rejoints, on leur a expliqué.

– Le fumier ! a craché ma mère.

Mon frère s'est levé.

– Faut l'empêcher de continuer, on doit prévenir le maire !

Là, mon père a fait la grimace.

– Attends, on va quand même pas se mêler des affaires des autres, il s'agirait pas de nous attirer des ennuis.

Ma mère était d'accord.

– Reste donc tranquille, on sait jamais.

J'ai bien vu que Gilbert n'en pensait pas moins.

J'ai pris mon carnet de croquis pour faire des caricatures de Dugain, et lui s'est affalé sur son lit en lâchant :

– Crois-moi, ça ne se passera pas comme ça !

Le lendemain, il a filé au bourg à vélo, soi-disant parce qu'il avait rendez-vous avec Solange, sa fiancée.

Quand il est revenu, il m'a raconté, rien qu'à moi :

– Le maire, je lui ai expliqué.

– Alors ?

– Il prétend qu'il ne peut pas empêcher les citoyens de choisir leur camp. C'est un lâche ! Dans six mois, si ça continue comme ça, on nous obligera tous à parler allemand !

Sa rage n'était pas retombée.

L'après-midi, pendant que je travaillais dans le potager, il est parti trouver Dugain pour lui dire sa façon de penser.

Ils se sont gueulé dessus pendant au moins dix minutes.

– Ce que je fais, qui je vois, ça te regarde pas. Fous-moi la paix ! répétait le voisin.

Gilbert ne voulait pas en démordre, il relançait :

– C'est nos ennemis, t'entends, nos ennemis ! On n'est pas là pour les aider, pour les engraisser, pour être leurs complices ! Je te jure que ça va se savoir, tu peux compter sur moi.

Ils n'ont pas réussi à se mettre d'accord et Dugain a continué à ouvrir sa porte aux Allemands, régulièrement, et même à les inviter à dîner.

Et ce qui est sûr, c'est que mon frère, ce jour-là, aurait mieux fait de se taire.

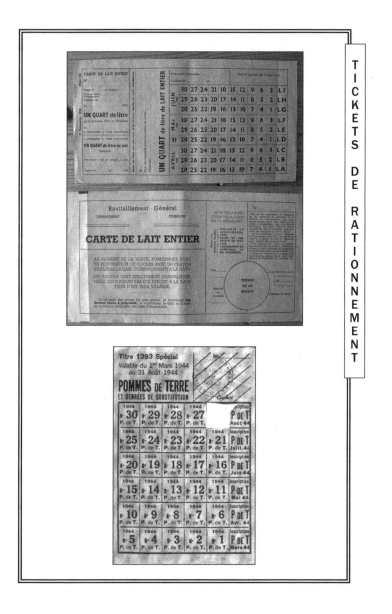

TICKETS DE RATIONNEMENT

Chaque ticket quotidien de cette feuille correspond à 100 grammes de PAIN		Les tickets ne peuvent être utilisés qu'au jour indiqué	
Songez à aller chercher votre Feuille de Tickets pour JUILLET	**30** JUIN 100 grammes de PAIN	**29** JUIN 100 grammes de PAIN	**28** JUIN 100 grammes de PAIN
	27 JUIN 100 grammes de PAIN	**26** JUIN 100 grammes de PAIN	**25** JUIN 100 grammes de PAIN
24 JUIN 100 grammes de PAIN	**23** JUIN 100 grammes de PAIN	**22** JUIN 100 grammes de PAIN	**21** JUIN 100 grammes de PAIN
20 JUIN 100 grammes de PAIN	**19** JUIN 100 grammes de PAIN	**18** JUIN 100 grammes de PAIN	**17** JUIN 100 grammes de PAIN
16 JUIN 100 grammes de PAIN	**15** JUIN 100 grammes de PAIN	**14** JUIN 100 grammes de PAIN	**13** JUIN 100 grammes de PAIN
12 JUIN 100 grammes de PAIN	**11** JUIN 100 grammes de PAIN	**10** JUIN 100 grammes de PAIN	**9** JUIN 100 grammes de PAIN
8 JUIN 100 grammes de PAIN	**7** JUIN 100 grammes de PAIN	**6** JUIN 100 grammes de PAIN	**5** JUIN 100 grammes de PAIN
4 JUIN 100 grammes de PAIN	**3** JUIN 100 grammes de PAIN	**2** JUIN 100 grammes de PAIN	**1** JUIN 100 grammes de PAIN

AFIN QUE

CEUX QUI SONT AU FRONT

aient chaque jour le nécessaire

SUPPRIMEZ

A VOS REPAS

TOUT CE QUI CONSTITUE

LE SUPERFLU

RÉPUBLIQUE FRANÇAISE
RAVITAILLEMENT GÉNÉRAL

Feuille de Tickets de Pain : JUIN 1940

Les tickets ne peuvent être utilisés qu'au jour indiqué

Mardi 2 octobre, 23 h 30

Je dessine la scierie de mémoire, du temps où elle tenait encore debout.

En même temps je surveille d'un œil la maison d'en face.

Dès qu'il sera seul, saoul comme une barrique, j'irai.

J'ai tout prévu, y compris une cagoule pour qu'il ne me reconnaisse pas.

Ses chiens ne risquent pas d'aboyer en me voyant, parce qu'avant c'étaient les nôtres. Tobi et Tibo, deux pauvres corniauds qui gardaient nos moutons.

Quand le troupeau est passé de l'autre côté, ils l'ont suivi.

Gilbert a bien essayé de les faire revenir, vu qu'on ne les avait pas vendus, les chiens, mais ils n'ont rien voulu savoir.

Sûrement qu'ils préféraient rester là où ils seraient certains d'être bien nourris.

Alors mon frère a récupéré un chiot chez Maurice, un cousin de Solange.

On l'a baptisé Momo.

Un bâtard moche comme tout, qui suit ma mère comme son ombre, elle dit que c'est une consolation, cette bête.

On le voit sur le portrait que j'ai fait de Gilbert, l'année dernière.

Il dort, le museau sur les gros godillots de mon frangin.

Le portrait est toujours là, sur le buffet, mes parents le regardent au moins dix fois par jour, comme moi. Je crois qu'il est plutôt réussi.

C'est vrai que, quand je m'applique, je ne me débrouille pas trop mal.

On distingue bien les reflets roux dans les cheveux de mon frère, la malice dans ses yeux bleus, et la joie aussi.

Parce qu'à ce moment-là, quand je lui ai demandé de poser pour moi, il était heureux.

Solange lui avait dit oui pour se marier.

Après la guerre.

Mais son bonheur n'a pas duré longtemps.

Quinze jours après sa dispute avec Dugain, il a reçu l'ordre de partir en Allemagne travailler dans une usine.

Le Service du Travail Obligatoire.

Mon père a tout de suite pensé que c'était à cause du voisin s'il était convoqué.

Il avait dû parler de mon frère à ses copains allemands, s'arranger pour qu'il figure en haut de la liste, pour qu'il soit dans les premiers à être envoyé chez l'ennemi.

Alors Gilbert est retourné voir le maire qui lui a expliqué que non, personne n'avait donné son nom, et que tous les gars de son âge étaient concernés comme lui, à cause d'une nouvelle loi.

À la maison, on n'en a pas cru un mot, on est sûrs que Dugain a joué un rôle dans cette histoire.

Ce gros salopard, non seulement il a fichu une baffe à Gilbert, mais en plus c'est sa faute s'il est parti marner là-bas et qu'il n'en est pas revenu.

Depuis que mon frère est mort, je ne suis plus comme avant.

Comme si j'avais un membre en moins, alors que j'ai toujours mes deux bras et mes deux jambes.

Et mes parents, pareil, on dirait qu'ils boitent. Pourtant, ils marchent droit, enfin surtout ma mère.

À croire qu'en perdant Gilbert j'ai aussi perdu ce petit quelque chose qui fait qu'on se sent vivant, et content.

Un petit quelque chose qui fait du bien.

Et que je ne retrouverai peut-être jamais.

Alors oui, voisin, tu vas payer.

Malgré le froid, je crève de chaud tellement je suis impatient de passer à l'action.

Je n'ouvre pas la fenêtre, dehors ça pue le feu.

Hier mon père a profité de ce que le vent partait droit sur la ferme d'à côté pour en allumer un, de feu, dans notre cour. Et vlan, la fumée noire, direct chez Dugain, toute l'après-midi.

Les saletés qui encombraient la grange ont cramé pendant des heures.

Pourtant mon père, les flammes, il n'aime pas ça.

Ça lui fait peur.

Normal avec ce qui nous est arrivé, la scierie qui a brûlé pendant qu'on était à l'intérieur, lui et moi.

« **Décret pris pour l'application de la loi du 16 février 1943 portant institution du service du travail obligatoire.** »
Journal Officiel du 17 février 1943.

Le chef du gouvernement, ministre secrétaire d'État à l'Intérieur ;

Vu l'acte constitutionnel n° 12 ;

Vu la loi du 16 février 1943 portant institution du service du travail obligatoire ;

Le conseil des ministres entendu,

Décrète :

Article Premier. Tous les Français et ressortissants français du sexe masculin résidant en France et appartenant à l'une des trois catégories suivantes :

Homme né entre le 1er janvier et le 31 décembre 1920,

Homme né entre le 1er janvier et le 31 décembre 1921,

Homme né entre le 1er janvier et le 31 décembre 1922,

sont astreints à un service du travail d'une durée de deux ans qu'ils pourront être tenus d'exécuter à partir de la date de publication du présent décret.

Toutefois, cette durée sera réduite d'un temps égal au temps déjà passé dans les chantiers de jeunesse ou aux armées.

E
X
T
R
A
I
T

D
E

L
O
I

Extrait de la loi du 16 février 1943 portant institution du Service du Travail Obligatoire.

Article 5. – Toute personne qui enfreint la présente loi ou les mesures prises pour son application est passible d'un emprisonnement de trois mois à cinq ans et d'une amende de 200 à 100 000 francs ou de l'une de ces deux peines seulement qui pourront être portées au double en cas de récidive.

Les mêmes peines sont applicables à toute personne ayant prêté son concours à toute manœuvre tendant à faire échec ou ayant fait échec aux dispositions de la présente loi ou des mesures prises pour son application.

Mardi 2 octobre, minuit

Chez le voisin, ça chante, je les entends d'ici.

Il chantera moins fort tout à l'heure, Dugain.

À cause de l'incendie, ce jour-là, on a failli crever.

On n'a jamais su ce qui s'était passé exactement, mais après tout le monde a murmuré que c'étaient les Allemands qui avaient craqué une allumette. Ou deux. Ou trois.

Ils étaient furieux parce que Rontet, notre patron, avait juré qu'il ne travaillerait pas pour eux.

Il paraît que l'Obersturmführer Müller, un des copains de Dugain, répétait partout :

– Si Rontet refuse de travailler pour nous, il ne travaillera plus pour personne !

Et voilà.

Lorsque le feu a pris, on ne s'en est pas rendu compte tout de suite. Mais dès qu'on a compris, la panique a monté d'un coup. On ne savait pas si on devait tenter de sauver le matériel, le bois ou nos fesses. Ça hurlait, ça courait dans tous les sens, comme dans les fourmilières que j'écrasais du bout du pied quand j'étais petit.

Le toit de la scierie a commencé à s'effondrer, et là, sauve qui peut, on s'est tous précipités dehors. Enfin presque tous, parce que Rontet, les deux contremaîtres et la secrétaire, ils y ont laissé leur peau.

Les pompiers ont essayé d'éteindre les flammes mais ils n'y sont jamais parvenus, ça repartait aussitôt. L'enfer, en pire.

Les gens arrivaient de partout pour donner un coup de main. Dugain aussi, au volant de notre Peugeot.

Il voulait aider, il a fait plusieurs tours pour ramener les ouvriers chez eux, ceux dont le vélo avait brûlé avec le reste.

Mon père a refusé.

J'ai râlé, ça faisait une trotte, mais il m'a glissé à l'oreille :

– Tu comprends pas qu'il propose ça pour se faire bien voir ? Le soir ça ripaille avec les Allemands et le jour d'après ça joue les bons Samaritains comme si de rien n'était ! Je t'en ficherais, moi, des bons Samaritains.

Ma mère était folle de joie quand on est ren-trés, heureuse pour la première fois depuis la mort de Gilbert. Tellement contente qu'on soit vivants, et pas blessés.

Mais la joie a rapidement disparu.

On n'avait plus de salaire.

Et mon père buvait tout ce qu'il pouvait, encore plus qu'avant.

– Le feu, ça donne soif !

Ma mère a commencé à faire des ménages le matin. Quand elle revenait, le midi, on avait toujours droit aux mêmes rengaines.

Il n'y avait qu'elle qui se fatiguait, dans cette maison.

On n'aurait pas dû vendre les moutons, au moins on aurait de la viande à manger.

Mon père et moi étions deux gros fainéants.

Gilbert, lui, il était dégourdi, il aurait trouvé de l'embauche à l'heure qu'il est, et plus vite que ça.

Elle répétait ça jusqu'à ce que mon père se mette en colère.

Moi, je dénichais bien des petits boulots à droite à gauche, mais le travail était rare, les gens n'avaient pas de quoi nous payer.

Mon père, lui, ne trouvait rien du tout.

Trop occupé à vider la cave.

Puis un jour, il n'y a pas longtemps, ma mère, à table, a annoncé :

– Dugain, il cherche quelqu'un. Pour les bêtes et les vignes.

Elle fixait mon père droit dans les yeux, le menton levé comme si elle voulait la bagarre.

Elle l'a eue.

– Jamais, il a hurlé, jamais, tu m'entends ? Jouer les larbins pour ce collabo, et puis quoi encore ?

– Tu aurais un salaire, c'est tout ce que je vois, elle a répondu entre ses dents.

De rage, il a balancé son assiette de blettes par terre.

Je me suis raclé la gorge et j'ai murmuré :

– Moi, je peux peut-être travailler pour lui.

Elle avait raison ma mère, ça ferait rentrer de l'argent.

– Toi, elle m'a dit, tu ne parles pas souvent, mais quand tu parles, tu parles bien.

Mon père m'a regardé, les yeux écarquillés, et il s'est jeté sur moi. Il m'a attrapé par les épaules.

– Je te l'interdis, c'est compris ?

Il m'a lâché, il a reculé d'un pas et il a continué à hurler.

– Il nourrit les Allemands, il a giflé ton frère et en plus il l'envoie au STO, ça te suffit pas ?

J'étais perdu, lui aussi il avait raison.

J'ai sifflé le chien et j'ai marmonné :

– Je vais faire un tour.

Je suis parti marcher dans le bois du Fond.

Quand je suis revenu, une heure plus tard, mes parents se disputaient toujours. On les entendait de loin, Dugain avait dû en prendre plein les tympans, saisir tout le bien qu'on pensait de lui.

Je suis allé me coucher, suivi de Momo, et nous nous sommes endormis, bercés par les cris qui montaient d'en bas.

Le lendemain matin, au petit-déjeuner, mon père empestait le vin qu'il avait dû cuver pendant la nuit. On a bu notre chicorée en silence, puis il a dit sans me regarder :

– Je vais me faire embaucher par le voisin, ta mère sera contente pour une fois.

Il s'est levé, Momo a voulu l'imiter mais il a reçu un sacré coup de pied dans les pattes, alors il est resté avec moi, à gémir devant la porte.

Mon père est rentré quinze minutes plus tard.

Furieux.

– Il ne veut pas de moi, t'imagines un peu ? Monsieur fait le difficile, soi-disant que je sais pas m'occuper des vignes, ni des cochons, moi qui suis fils et petit-fils de paysan. Il va voir, si je ne sais pas m'occuper des vignes !

Quand ma mère est arrivée, il lui a raconté.

Elle n'a eu l'air qu'à moitié étonnée.

– T'empestes le vin, ton bleu est plein de taches... Tu ne pouvais pas te rendre présentable avant d'y aller ? Tu croyais quoi, hein ?

Qu'il t'accueillerait les bras ouverts, qu'il attendait que toi ?

Le ton a monté et encore une fois je me suis éclipsé avec le chien.

Ras-le-bol.

Dans les bois j'ai cherché des champignons, pour me changer les idées.

Et j'en ai trouvé un peu.

Des chanterelles.

Ça m'a mis de bonne humeur et, au retour, j'ai décidé de frapper à la porte de Dugain.

Il n'avait aucune raison de me refuser la place. Je ne bois pas et j'ai déjà travaillé dans une ferme, deux mois, avant qu'on me prenne à la scierie.

Je lui ai dit pourquoi je venais, et que je savais m'occuper des bêtes. Pour la vigne, j'apprendrais.

Il a secoué la tête.

– Non Paul, désolé.

– Pourquoi ?

– Je ne préfère pas, c'est tout. Je vais embaucher Claude, du vieux bourg.

Je n'ai rien répondu et j'ai tourné les talons.

Il préfère quoi alors ?

Nous regarder crever de faim ?

Affiche éditée par le Service Social
de la Croix-Rouge française.
(R. Rocher, 1942.)

Affiche de propagande
concernant la Relève.
Anonyme, 1942.

Mercredi 3 octobre, minuit et demi

Dans une demi-heure, ils s'envoleront, les méchants corbeaux.

Mon père, après que Dugain nous a annoncé qu'il ne voulait pas de nous, lui a montré de quel bois il se chauffait.

Une nuit, il a fourré une masse dans un sac et il est sorti.

Direction les vignes du voisin.

Un vrai massacre.

Il a dégommé tout ce qu'il pouvait jusqu'au lever du jour.

Les pieds de vigne, les tuteurs, après son passage, il n'y avait plus rien en état.

Il nous a tout raconté au petit-déjeuner.

– Comme ça, le nouveau, le Claude, il aura de quoi s'occuper, il a rigolé.

Avant de se coucher, il a ajouté en me pointant du doigt :

– Tu prends la masse, tu la mets dans un sac avec des gros cailloux et tu la balances dans l'étang. T'y vas maintenant.

J'ai obéi.

À midi, deux flics se sont présentés chez nous.

Ils nous ont posé des tas de questions. Mon père, qui venait juste de se lever, ne s'est pas démonté.

– La nuit, messieurs, je dors. Demandez à ma femme, elle m'entend assez ronfler comme ça, elle peut témoigner.

Ma mère a acquiescé, et moi aussi, même si on ne me demandait rien.

Après, les képis ont voulu fouiller la maison.

– Allez-y, j'ai rien à cacher.

Et bien sûr ils n'ont rien trouvé.

Ils sont partis, et mes parents étaient encore plus en colère contre le voisin qu'avant. Il avait attiré l'attention de la police sur nous, tout le monde en parlerait dans le bourg, alors que le malhonnête, c'était lui et personne d'autre.

C'est ce jour-là que j'ai fait le compte.

De tout le mal qu'il avait fait, ce gros salopard.

Il avait racheté notre voiture et nos moutons pour trois fois rien.

Il régalait les Allemands, les recevait à sa table.

Il avait baffé mon frère, il l'avait humilié devant moi.

Il l'avait envoyé au STO, autant dire qu'il avait causé sa mort.

Il avait refusé de nous donner du travail, à mon père et à moi.

Il avait envoyé la police chez nous.

Ça ne pouvait pas durer, il méritait une bonne leçon.

Une leçon qu'il n'oublierait pas.

Le 2 octobre, en hommage à Gilbert.

Alors j'ai commencé à réfléchir, et à m'organiser, parce qu'il me fallait un peu de matériel.

Petit à petit, je me suis procuré tout ce dont j'avais besoin. Et puis un soir que Dugain était de sortie, sans doute en virée avec ses potes allemands, je suis parti en reconnaissance.

Avant, quand les Nompeix habitaient la ferme, on y entrait souvent en douce avec Gilbert. La fenêtre de la pièce du fond, celle qui donne sur les champs, fermait mal. On pouvait l'ouvrir de l'extérieur.

On passait par là, avec mon frère, pour leur piquer des fromages qu'ils mettaient à sécher sur une table en bois.

J'ai vérifié, elle ne ferme toujours pas, Dugain ne l'a pas réparée. On peut se faufiler chez lui comme on veut.

Ça tombe bien.

Mercredi 3 octobre, 1 h 05

Ça y est, en face ça bouge.

Les Allemands en ont plein les bras, de quoi bien boire et bien manger jusqu'à la semaine prochaine.

On se dit au revoir en parlant fort, on monte dans les voitures, on claque les portières, on démarre, allez ouste.

Le Dugain les regarde s'éloigner, tout juste s'il ne leur fait pas un signe de la main.

J'ouvre le grand sac de Gilbert, je m'assure que je n'ai rien oublié.

Les gants pour ne pas laisser d'empreintes, la cagoule avec juste deux trous pour les yeux et un pour le nez, une corde, un second sac, le pot de peinture rouge et le pinceau que j'ai piqués à la mère Antoine.

Elle voulait que je répare leurs vélos, à sa fille et à elle, j'en ai profité pour me servir quand elle a eu le dos tourné.

C'est bon, tout est là.

Gants, cagoule, corde, sac, peinture.

Et le fusil de Gilbert, avec des cartouches dedans.

Celui avec lequel il tirait les bécasses et les corneilles, et des lapins que ma mère cuisinait en civet.

Je le préfère au mien, qui s'enraye trop facilement.

Avant, quand on allait à la chasse, mon père, mon frère et moi, c'était une vraie partie de plaisir, même si je rentrais souvent bredouille à cause du fusil.

On quittait la maison à l'aube, avec des provisions, et on ne rentrait qu'au soir tombé. On couvrait des kilomètres et des kilomètres de forêt, à l'affût, contents de penser à la tête que ferait ma mère quand on viderait les gibecières pleines.

La chasse, depuis le début de la guerre, on n'y va plus. Les armes sont interdites, on aurait même dû les remettre aux Allemands mais mon père a préféré les cacher dans la grange où dormaient nos moutons.

Je descends doucement, en chaussettes.

Je passe devant la porte des parents, ils ronflent tous les deux, je traverse la cuisine, je prends mes godillots à la main, avec leurs semelles de bois ils font trop de bruit, je les enfilerai dehors. Je dis « Chut ! » à Momo qui se réveille, il croit qu'on part en balade, « Non, tu restes là », et je sors.

La lune est moche, masquée par les nuages, et les étoiles restent planquées. Je n'y vois rien mais je m'en moque, je connais le chemin par cœur.

Je quitte le jardin sans faire grincer la barrière et j'emprunte le sentier à gauche, qui longe la ferme de Dugain.

Je contourne la bâtisse et j'arrive devant la fenêtre, celle qui ne ferme pas.

Les chiens ne dorment pas, leurs chaînes cliquètent.

– Du calme, je murmure, c'est moi.

J'enfile la cagoule et les gants, et j'entre dans la pièce du fond.

Je n'ai pas peur, pas vraiment, juste un peu mal au ventre, et le cœur qui cogne.

Tu vas payer, gros salopard.

ORDONNANCE
CONCERNANT LA DÉTENTION D'ARMES
dans les territoires occupés

1. Toutes les armes à feu et toutes sortes de munition, des grenades à main, explosifs et autre matériel de guerre, devront être délivrés sur le champ.

La remise devra avoir lieu dans un délai de 24 heures, au poste allemand le plus proche, c'est-à-dire à la " Kommandatur ", à moins que d'autres dispositions locales n'aient été prises. Les bourgmestres seront strictement responsables de l'exécution de cet ordre. Les commandants des troupes ont le pouvoir de permettre des exceptions.

2. Celui qui sera trouvé en possession d'armes à feu, de munition de tout genre, de grenades à main ou d'autre matériel de guerre, sera passible de la peine de mort ou de la peine de travaux forcés, dans des cas moins graves d'une peine de prison.

3. Celui qui dans les territoires occupés se laissera entraîner à des actes de violence contre l'armée allemande ou contre des membres de cette armée, sera puni de la peine de mort.

LE HAUT COMMANDEMENT DE L'ARMÉE ALLEMANDE.

Affiche émanant des autorités allemandes faisant état d'une ordonnance sanctionnant la détention d'armes dans les territoires occupés et les actes hostiles à l'armée d'occupation.

Affiche sans lieu ni date.

Document conservé aux Archives nationales, Paris (Archim Cote 72AJ/946).

Mercredi 3 octobre, 1 h 35

La pièce est pleine de bocaux rangés sur des étagères.

Rien que de les regarder, je salive.

Ce qu'il y a de bien avec Dugain, c'est que quand il n'y en a plus, il y en a encore.

Je connais son petit manège par cœur.

Tous les mois environ, il se rend plusieurs jours dans le Sud-Ouest, sûrement grâce aux autorisations de circuler que ses amis allemands lui distribuent sans compter.

Quand il revient, le coffre de la Peugeot est chargé à ras bord, des provisions en veux-tu en voilà qu'il sort de la voiture devant notre nez.

Je pose le grand sac de Gilbert, je le remplirai avant de repartir, tout à l'heure, par le même chemin.

Je tends l'oreille.

Pas un bruit, pas un souffle, pas un ronflement.

L'autre dort en silence.

Ça lui fera tout drôle quand je le réveillerai.

Surtout quand il verra l'arme braquée sur lui.

On descendra bien gentiment, il s'assiéra devant la cheminée et je lui ligoterai les mains et les pieds. Et le dos aussi, attaché à la chaise.

En chuchotant pour qu'il ne reconnaisse pas ma voix, je dirai :

– Le fric, il est où ?

Je ramasserai le pognon, un beau paquet, forcément, avec tout ce qu'il fourgue aux Allemands.

Et je vengerai Gilbert.

Puis je me tirerai par la pièce du fond, sans oublier d'emporter de quoi faire plaisir aux parents. Confits, conserves, pâtés. Pas de gnôle, ni de vin, ras-le-bol de voir le père qui ne tient pas debout.

Une fois dehors, je tracerai en rouge et en grands caractères, sur la façade, des mots qu'on ne pourra pas effacer de sitôt. La peinture de la mère Antoine ne date pas d'hier, elle est épaisse et elle colle.

GROS SALOPARD, j'écrirai.

Ou COLLABO, peut-être.

Ou SALE TRAÎTRE, je n'ai pas encore décidé.

Après, je filerai à l'étang.

Je bourrerai mon deuxième sac de cailloux, comme pour la masse de mon père, j'y ajouterai les gants, la cagoule, la peinture, et hop, disparues les preuves contre moi.

C'est fou ce qu'on y trouverait, dans cet étang, si on l'asséchait.

Ensuite je rentrerai à la maison. Je descendrai à la cave, je cacherai mon butin dans la trappe derrière le tas de bois. Les flics, l'autre jour, n'ont même pas déplacé les bûches.

Et voilà le travail.

Personne ne saura que c'est moi.

Dugain a des ennemis plein le bourg, tous ceux qui ne supportent pas qu'il soit dans le mauvais camp.

Je raconterai tout aux parents, ils seront fiers.

MENTIONS DIVERSES

PRÉFECTURE DE » DEUX-SÈVRES

AUTORISATION DE CIRCULER

18 v **IG**

La présente autorisation doit être retour-
née au service de la circulation qui l'a déli-
vrée, dès que sa validité est expirée.

PERMIS valable uniquement
en cas d'alerte (requis
pour la défense passive)

PERMIS SPÉCIAL } Accordé
Non accordé

Sondergenehmigung nur bei
Fliegeralarm
(Luftschutz).

Fahrbereit-
schaftsleiter

CETTE AUTORISATION DE CIRCULER NE PEUT ÊTRE
UTILISÉE, SANS PERMIS SPÉCIAL, LES SAMEDIS APRÈS
14 HEURES, LES DIMANCHES, JOURS FÉRIÉS ET LA
NUIT

Cette partie est à détacher et à adresser, par l'intéressé,
sous enveloppe affranchie, au service de la circulation et du
roulage de son département, **trois semaines** avant l'expi-
ration de validité de l'autorisation de circuler.

L'autorisation ne sera pas renouvelée si la présente
demande ne parvient pas au service dans les délais fixés ci-
dessus.

BON POUR CINQ LITRES DE CARBURANT-AUTO

Feuille N° 1,538,517 Ticket N° **11**

Valable dans le Dépᵗ de

Pendant le mois de **DÉCEMBRE.**

Nom et adresse du Fournisseur :

Cachet de la
Direction des
Carburants
ou de la
Préfecture

Chaque autorisation de circuler
est soumise à des conditions
restrictives et à des démarches
administratives conséquentes.

Mercredi 3 octobre, 1 h 39

J'avance dans le couloir, plus léger qu'un chat.

À trois mètres devant moi à gauche, le salon.

À droite, la cuisine, immense, parfaite pour offrir un banquet à ses potes allemands, et juste après, l'escalier que je vais grimper pour lui sonner les cloches.

J'espère que les marches ne grincent pas trop, ça gâcherait l'effet de surprise.

Je m'arrête net, du bruit dans le salon, et de la lumière sous la porte entrouverte.

Collé au mur, j'écoute sans respirer.

Ça va, ce n'est rien, juste le bois qui claque dans la cheminée et la lueur de la flambée.

Je progresse encore, le fusil en avant.

Je m'en sers pour pousser la porte, tout doucement, et je jette un œil au cas où.

Dugain est là, il n'est pas couché.

Assis devant le foyer, il regarde des papiers, à l'aide d'une loupiote posée à côté de lui sur un guéridon.

Il me tourne le dos, il ne bronche pas, il ne m'a pas entendu.

Du coup, c'est moi qui suis surpris. Pendant cinq secondes, je me demande si je ne vais pas faire demi-tour.

Et puis non, pas de panique, après tout qu'est-ce que ça change qu'il soit réveillé?

Rien, rien du tout.

Je respire un bon coup et je fonce.

Je le rejoins à grandes enjambées, comme si je le chargeais.

Il se retourne, il me dévisage, il écarquille les yeux, il essaie de se lever et je gronde à voix basse:

– Ne bouge pas! Ne bouge pas, je te dis!

Il obtempère, j'enfonce le canon sur sa tempe en appuyant fort.

Il n'en mène pas large, Dugain, tassé dans son fauteuil, la tête penchée sur le côté à cause du poids de mon arme.

– Qu'est-ce que... qu'est-ce que tu veux? il chuchote.

– Ton fric, tiens, je réponds.

De la main gauche, je sors la corde que j'ai glissée dans ma poche.

Et là, j'ai l'air d'un idiot, parce que, pour le ligoter, je dois lâcher le fusil. Pas question. Je remballe la corde.

Il soupire.

– C'est bon, Paul, retire ta cagoule, je t'ai reconnu.

La poisse !

Mais la cagoule, j'ai beau étouffer dessous, je ne la retire pas, pas question qu'il croie que je vais lui obéir.

Du coup, plus besoin de me cacher, je lui hurle dessus à pleins poumons :

– Dis-moi où est l'argent.

Il bouge un peu, alors je pose le doigt sur la détente pour qu'il comprenne que je ne rigole pas.

– C'est stupide, t'as quoi ? Quinze ans ? il me demande. Tu tiens à passer ta vie en prison ? Tu veux imiter ton père, qui trouve rien de plus intéressant à faire que de détruire mes rangs de vignes ? Tu veux lui ressembler, c'est ça ?

Je tape du pied, rien ne se déroule comme prévu, il n'a pas peur, et ce qui est sûr, c'est qu'il n'est pas saoul. Il m'énerve, il le sent, il se rend.

– L'argent est au premier, avoue-t-il, dans un coffre, sous mon lit. Il faut qu'on monte tous les deux, tu ne pourras pas l'ouvrir, c'est compliqué.

J'hésite.

Je viens de réaliser que quoi qu'il arrive, je suis foutu.

Il m'a reconnu, il va me dénoncer.

Sauf si je le tue.

Mercredi 3 octobre, 1 h 47

Bon, ce n'est pas le moment de réfléchir.

L'argent d'abord.

– On y va, je décide. Et pas de mauvaise surprise, sinon je tire.

Il hoche la tête, se redresse lentement, trop lentement.

– Active !

Il acquiesce encore, et là, il me prend de court. Il attrape le tisonnier posé droit devant lui contre la cheminée et il se retourne en m'en balançant un coup dans les côtes.

L'ordure.

Ça me coupe le souffle, mais pas tant que ça, et je ne lâche pas l'affaire. Il veut m'esquiver, le gros balourd, je lui bloque le passage, j'enfonce le canon dans son ventre trop gras.

– Laisse ce truc, je crie, ou je tire.

Il me résiste, bien planté sur ses larges pattes, le tisonnier dans la main droite, prêt à servir.

– Tu ne tireras pas, Paul, tu as besoin de moi, tu ne pourras pas ouvrir le coffre tout seul.

– Ah bon, je ne tirerai pas ? je répète, menaçant. Tu paries ?

Je préférerais de loin qu'il ne parie pas. Je perdrais.

Je ne l'ai jamais avoué à mon père, mais j'ai du mal à tirer sur le gibier.

Ça m'arrange bien que mon fusil s'enraye.

Ce que j'apprécie dans la chasse, c'est l'ambiance, la marche furtive en forêt et le civet du lendemain. Tuer les bêtes, je n'aime pas ça, alors tuer un homme, ou même le blesser…

On se fait face, on se tait, on respire trop fort, je transpire sous ma cagoule.

– On monte, j'ordonne en lui en montrant la porte du pouce, et tu te tiens à carreau.

Il acquiesce.

Je recule, il avance.

Je veux passer derrière lui pour le pointer dans le dos et là, Dugain essaie de m'abattre son tisonnier sur le crâne.

Cette fois, je suis plus rapide que lui. Je bloque son bras et la colère me prend, je le repousse de toutes mes forces.

Malgré ses cent kilos, il perd l'équilibre, il a peut-être trop bu finalement, il bascule en arrière et tombe de tout son poids, le cul d'abord, puis la tête en plein sur la boule en fonte du chenet, à moins de vingt centimètres du feu qui crépite.

Et il ne bouge plus.

Mercredi 3 octobre, 1 h 58

Je m'agenouille devant lui.

Il a l'air mort.

Mort de mort.

Du sang coule sur sa nuque, sur ses cheveux.

Je ne peux pas empêcher mes jambes de trembler.

Je n'ai quasi rien mangé de la journée mais j'ai envie de vomir.

Il faut que je le sorte de là avant qu'une braise lui saute dessus et qu'il crame.

Mon plan, ce n'était pas de le tuer, juste de le voler jusqu'au dernier sou, avant de l'assommer à coups de baffes pour venger Gilbert.

Je me redresse, je le tire par les pieds pour l'amener jusqu'au tapis.

Il gémit, il est vivant.

Je m'accroupis, je l'appelle :

– Dugain, Dugain ?

Je ne connais même pas son prénom.

Je pose ma main sur son torse, je le secoue doucement, il entrouvre les yeux, les referme, soulève de nouveau les paupières, à moitié.

– Le petit, le petit… il murmure.

– Le petit quoi ?

– Le petit… il répète.

Je ne comprends pas pourquoi il dit ça, mon cœur s'emballe, je respire trop vite. Je retire la cagoule, je m'essuie le visage, ça soulage.

Dugain tend la main vers le guéridon.

– La carte… pour le petit… Ils ont encore changé l'itinéraire… À cause des patrouilles.

Mais qu'est-ce qu'il raconte ?

Faut pas qu'il crève, je ne suis pas un criminel, je voulais juste lui donner une bonne leçon. J'ai envie de pleurer comme une mauviette, d'appeler ma mère.

Je me penche tout près de lui pour qu'il m'entende et je bafouille le premier truc qui me vient à l'esprit. Je ne reconnais pas ma voix, elle sonne trop haut, trop faux.

– Je pars chercher du secours, on va vous soigner, je couine.

Il arrive à se soulever un peu en grimaçant, il me regarde, bien droit dans les yeux cette fois.

Il crie presque :

– Non, le petit, au premier dans ma chambre, vite.

– Oui, oui, tout de suite, je bredouille pour qu'il se calme.

Il repose sa tête sur le sol, il soupire.

Je suis complètement perdu, je fais quoi, moi, maintenant ?

Il a l'air de dormir, il respire tranquillement. Ce n'est peut-être pas si grave, il ne saigne pas beaucoup. Je quitte la pièce à reculons, sans le lâcher des yeux.

En bas de l'escalier, j'allume la lumière, je grimpe les marches qui grincent.

Sur le palier, deux portes.

Il a dû faire comme les Nompeix, prendre la chambre la plus grande, l'autre est si étroite qu'on croirait un couloir.

J'appuie sur la poignée, j'ouvre doucement et là, devant moi, je le vois.

Le petit.

Un môme, blondinet, neuf ans à tout casser, assis devant une table.

Il pleure sans bruit, il a le visage barbouillé de confiture, le pot est devant lui, avec la moitié d'une miche de pain et un couteau.

Un môme, avec un bonnet sur la tête et trois manteaux entassés sur sa carcasse de moineau.

Le Petit Poucet, caché dans la maison de l'ogre.

Manquait plus que ça.

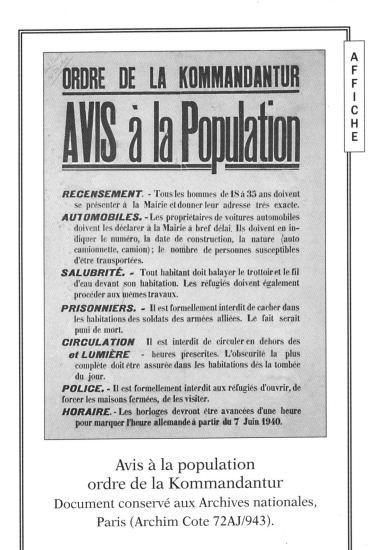

ORDRE DE LA KOMMANDANTUR

AVIS à la Population

RECENSEMENT. - Tous les hommes de 18 à 35 ans doivent se présenter à la Mairie et donner leur adresse très exacte.

AUTOMOBILES. - Les propriétaires de voitures automobiles doivent les déclarer à la Mairie à bref délai. Ils doivent en indiquer le numéro, la date de construction, la nature (auto camionnette, camion); le nombre de personnes susceptibles d'être transportées.

SALUBRITÉ. - Tout habitant doit balayer le trottoir et le fil d'eau devant son habitation. Les réfugiés doivent également procéder aux mêmes travaux.

PRISONNIERS. - Il est formellement interdit de cacher dans les habitations des soldats des armées alliées. Le fait serait puni de mort.

CIRCULATION et LUMIÈRE - Il est interdit de circuler en dehors des heures prescrites. L'obscurité la plus complète doit être assurée dans les habitations dès la tombée du jour.

POLICE. - Il est formellement interdit aux réfugiés d'ouvrir, de forcer les maisons fermées, de les visiter.

HORAIRE. - Les horloges devront être avancées d'une heure pour marquer l'heure allemande à partir du 7 Juin 1940.

Avis à la population
ordre de la Kommandantur
Document conservé aux Archives nationales,
Paris (Archim Cote 72AJ/943).

Mercredi 3 octobre, 2h07

– T'es qui ? Qu'est-ce que tu fais là ? je lui demande.

Il met son bras devant son visage, comme si j'allais le frapper. Il a dû entendre le bazar qu'on a fait en bas, il a peur. Et puis je tiens toujours le fusil à la main, alors forcément...

– Il te garde prisonnier, Dugain ?

Le môme secoue la tête très fort, de droite à gauche.

Je m'accroupis.

– Comment tu t'appelles ?

– Benjamin. Benjamin Charpentier.

Je le regarde un peu mieux, oui, c'est le fils Charpentier, je le reconnais. Son père venait faire la comptabilité à la scierie, une fois par semaine, et parfois il l'amenait avec lui.

– Qu'est-ce que tu fabriques ici?

Il ne répond pas tout de suite. Il renifle deux ou trois fois en évitant mon regard, puis il se décide.

– C'est monsieur Dugain, la nuit dernière il est venu me chercher pour m'amener ici.

Je n'y comprends rien, c'est quoi cette histoire?

Il continue d'une traite :

– Mon père il a dit que je devais aller avec lui parce que les Allemands ils ont déjà emmené ma mère et ma sœur un jour où j'étais chez mon copain Marcel, papa a dit qu'ils allaient revenir et qu'il fallait pas qu'ils me trouvent et que monsieur Dugain il me conduirait là où ça risque rien parce que mon père lui il peut rien faire pour moi vu qu'il boite du genou.

J'écarquille les yeux, qu'est-ce qu'il me raconte?

– Pourquoi ils en auraient après toi, les Allemands? Ou après ta mère et ta sœur?

– On est juifs.

– Hein? Tu portes pas l'étoile, pourtant.

– Non, il chuchote.

– Et t'es sûr que t'es juif?

Il est blond et tout pâlichon, il ne ressemble pas à un Juif. Mon père prétend qu'ils sont bruns, bouclés, avec le nez crochu et de grandes oreilles, et qu'en plus il n'y en a pas dans le coin, sinon on le saurait. Gilbert, il disait que pas du tout, que les Juifs étaient comme nous.

Il faut croire que c'est lui qui avait raison.

Benjamin hoche la tête bien fort, il répète :

– Oui, on est juifs, sauf papa. Et monsieur Dugain il doit m'emmener cette nuit parce qu'il y a un monsieur qui nous attend.

Dugain, il ne l'emmènera nulle part.

Je comprends mieux ce qu'il voulait dire, tout à l'heure. Le petit, la carte qu'il regardait quand je suis arrivé, ça devait être la carte du nouvel itinéraire à suivre à cause des patrouilles.

Le monsieur, il risque de les attendre long-temps.

Sauf si l'autre va mieux.

– Écoute, Dugain il…

– Vous vous êtes battus, il me coupe.

– Oui, mais c'est fini, on n'est plus fâchés. Je descends voir s'il est prêt, d'accord ?

Benjamin hausse les épaules, et je dévale l'escalier en me demandant comment me débrouiller avec tout ce bazar.

LOI

Loi du 2 juin 1941 remplaçant la loi du 3 octobre 1940 portant statut des Juifs

(Journal officiel du 14 juin 1941)

« Nous, Maréchal de France, chef de l'État français,

Le conseil des ministres entendu,

Décrétons :

Article Premier. Est regardé comme Juif :

1° Celui ou celle, appartenant ou non à une confession quelconque, qui est issu d'au moins trois grands-parents de race juive, ou de deux seulement si son conjoint est lui-même issu de deux grands-parents de race juive.

Est regardé comme étant de race juive le grand-parent ayant appartenu à la religion juive ;

2° Celui ou celle qui appartient à la religion juive, ou y appartenait le 25 juin 1940, et qui est issu de deux grands-parents de race juive.

La non-appartenance à la religion juive est établie par la preuve de l'adhésion à l'une des autres confessions reconnues par l'État avant la loi du 9 décembre 1905.

Le désaveu ou l'annulation de la reconnaissance d'un enfant considéré comme Juif sont sans effet au regard des dispositions qui précèdent. »

Mercredi 3 octobre, 2 h 11

Si Dugain ne va pas mieux, il ne va pas plus mal. Ça me rassure un peu.

En attendant, il n'ira nulle part cette nuit.

Le petit sera déçu, mais qu'est-ce que j'y peux ?

Je l'appelle, il comprendra la situation rien qu'en l'apercevant évanoui sur le tapis.

– Benjamin, viens ! je crie.

Il me rejoint et quand il découvre le grand corps allongé, il devient plus blanc qu'un verre de lait.

– Eh, ne t'inquiète pas, c'est comme s'il dormait, c'est tout, je lui dis sans vraiment y croire.

Il me dévisage, son menton tremblote.

– Tu n'as qu'à remonter là-haut, j'ajoute, tu te couches dans son lit, tu te reposes, et demain on y verra plus clair, d'accord ? Je te ramènerai chez toi quand il fera jour sur le porte-bagages du vélo de ma mère.

Là, il se met à pleurer, enfin pas franchement, sans bruit, juste des larmes qui dégoulinent sur ses joues et le nez qui coule.

Il secoue la tête, il bafouille :

– Non, les Allemands... Ils vont... ils vont... venir me chercher. Et le monsieur, il... il m'attend cette nuit.

Il m'agace à pleurnicher, alors je lance :

– Ben t'as qu'à y aller tout seul, retrouver le monsieur.

Le môme, il se calme tout de suite. Il écarquille les yeux, horrifié, comme si l'ogre, c'était moi, prêt à le dévorer, lui, le Poucet.

– Non, il dit tout bas, je sais pas où c'est, et j'ai peur du noir.

Dugain a bougé. Je le fixe, plein d'espoir.

« Lève-toi, occupe-toi du petit comme prévu. S'il te plaît. »

Mais non.

Benjamin essuie son nez avec sa manche, il renifle un grand coup et il lâche exactement ce que je n'ai pas envie d'entendre :

– T'as qu'à m'emmener, toi.

Comme si je n'avais pas assez d'ennuis.

En vertu des pleins pouvoirs qui m'ont été conférés par le Führer und Oberster Befehlshaber der Wehrmacht, j'ordonne ce qui suit :

Signe distinctif pour les Juifs

I. Il est interdit aux Juifs, dès l'âge de six ans révolus, de paraître en public sans porter l'étoile juive.

II. L'étoile juive est une étoile à six pointes ayant les dimensions de la paume d'une main et les contours noirs. Elle est en tissu jaune et porte, en caractères noirs, l'inscription « JUIF ». Elle devra être portée bien visiblement sur le côté gauche de la poitrine, solidement cousue sur le vêtement.

Dispositions pénales

Les infractions à la présente ordonnance seront punies d'emprisonnement et d'amende ou d'une de ces peines. Des mesures de police, telles que l'internement dans un camp de Juifs, pourront s'ajouter ou être substituées à ces peines.

Entrée en vigueur

La présente ordonnance entrera en vigueur le 7 juin 1942.

Der Militärbefehlshaber in Frankreich.

SIGNE DISTINCTIF

Étoile jaune
portée en France.

Mercredi 3 octobre, 2 h 15

Je ne réponds rien, je me laisse tomber dans un fauteuil, je suis crevé.

À côté de moi, une grosse TSF posée par terre.

La nôtre, mon père l'a vendue cet été à Roger, un de ses anciens collègues. Il ne voulait pas la garder à la maison, elle lui rappelait trop Gilbert, quand il collait son oreille au poste pour capter Radio-Londres.

Le môme reste planté sur ses deux jambes, il me fixe de ses yeux brillants de fatigue, des cernes jusqu'au milieu des joues.

Il attend que je me décide.

– Je ne connais pas le trajet, on va se perdre, je préfère pas, j'explique.

Enfin j'ai surtout une peur bleue d'être attrapé par les Allemands.

Par une patrouille chargée d'arrêter les gens comme nous, en pleine nuit.

Qu'est-ce que je leur dirai, moi, hein? Qu'on cherche des champignons?

Ils nous feraient prisonniers ou pire encore, ils nous exécuteraient, une balle dans la poitrine ou dans la tête.

Non merci.

Benjamin hausse une épaule, il n'a pas l'air d'accord, il insiste.

– Monsieur Dugain, il a tout prévu. Regarde, sur la carte, là, par terre, le chemin, il est marqué en rouge. Et dans le sac, près de la cheminée, il y a tout ce qu'il faut.

Il prend le paquetage, il l'ouvre, il énumère :

– Deux grosses gourdes, deux lampes de poche, un saucisson, les sous pour le monsieur. Il a l'habitude, monsieur Dugain.

– L'habitude?

– Ben oui. Mon père il m'a dit comme ça que monsieur Dugain il savait ce qu'il faisait parce que des enfants comme moi il en a déjà fait passer plein.

Plein? Voilà autre chose!

Je soupire.

– Donne-moi la carte.

Il me la tend vite fait, je sens qu'il espère.

Je fronce les sourcils, je n'en reviens pas.

Tous ces tours et ces détours ! C'est sans doute pour échapper aux soldats qui guettent ceux qui voudraient franchir la frontière suisse.

Sur le carrefour du Caillou Noir, Dugain a fait une croix, et il a marqué l'heure du rendez-vous.

Quatre heures.

Je regarde la pendule.

Même en nous dépêchant, ça sera juste, très juste. Il ne sera peut-être pas à l'heure, le petit, surtout si on croise une patrouille.

Sauf si on prend mes raccourcis... Ça grimpera dur, c'est sûr, mais il y a peu de chance que les Allemands les connaissent, d'autant que par là il n'y a aucun chemin de tracé.

N'empêche, c'est risqué.

Tout ça pour un môme qui ne m'est rien...

Mais Gilbert, lui, il y serait allé, non ?

– Viens, faut pas traîner, je marmonne.

Je recouvre Dugain avec le plaid posé sur le canapé, sinon il aura froid, le feu faiblit.

J'adresse une prière muette à je-ne-sais-qui « Faites qu'il ne soit pas mort quand je reviens, et surtout, faites que je revienne ! », et on file par où je suis entré.

ICI LONDRES...

Voici quelques exemples de messages codés diffusés par la BBC, accompagnés de leur signification.

L'invention des messages personnels est attribuée à Georges Bégué, officier français du SOE, le Special Operations Executive, service de renseignements britannique, qui fut démasqué en 1942.

« Baissez donc les paupières. »	Fin de message de pré-alerte.
« Gabrielle vous envoie ses amitiés. »	Parachutage à réceptionner (message du 20 octobre 1941).
« Il a pleuré de joie. »	Parachutage d'armes et d'agents.
« Il a une voix de fausset. »	Déclenchement de la guérilla.
« Il est sévère mais juste (+ code du département). »	Commencer les sabotages la nuit même.
« Les sanglots longs des violons de l'automne...	Annonce du débarquement, le 1er juin 1944.
... bercent mon cœur d'une langueur monotone. »	Annonce du débarquement, le 5 juin 1944.

Mercredi 3 octobre, 2 h 59

Le gamin marche bien, mais c'est un vrai trouillard, il n'arrête pas de sursauter.

À chaque fois qu'une chouette s'envole ou qu'une biche détale au loin, il pousse des petits cris.

– Chut ! Pff, ça se voit que t'es pas un homme des bois, je lui dis.

Moi, la forêt, j'y rôde dès que j'ai une minute, alors je reconnais tous les sons, sans jamais me tromper. Et si un Allemand passe dans le coin, sûr, je m'en rendrai compte.

Je tends l'oreille.

On ne parle pas, on garde notre souffle pour avancer.

Je ramasse deux bâtons, j'en donne un à Benjamin et je lui montre comment le planter dans le sol à chaque pas.

Pour l'instant, c'est plat, mais pas pour long-temps.

Il y a juste la nuit qui palpite autour de nous. Et mes pensées qui m'occupent bien.

Dire que je voulais nous venger du voisin, et que me voilà à sauver un Juif...

Si Gilbert me voyait !

Il y a un truc que je ne comprends pas.

Pourquoi Dugain fait ami-ami avec les Allemands, et qu'en même temps il aide des pauvres gosses comme ce Benjamin à s'enfuir ?

La réponse vient tout de suite, j'ai presque l'impression que mon frère me la souffle à l'oreille.

Ben tiens, parce que les boches ne soupçon-neraient pas un gars comme lui, un gars qui les reçoit à bras ouverts et qui leur distribue des jambons à volonté.

Jamais ils n'iraient s'imaginer que pendant qu'ils s'empiffrent à sa table, Dugain planque des enfants dans sa chambre et que, dès qu'ils ont le dos tourné, il les emmène dans la forêt pour les mettre à l'abri.

Il est drôlement malin, Dugain.

Les Allemands, il ne peut sans doute pas les blairer, lui non plus.

À tous les coups il appartient à l'un de ces réseaux de résistants que Gilbert aurait tant voulu rejoindre, si les parents l'avaient laissé faire.

– Mais alors… je dis tout haut.

– Hein ? demande Benjamin.

– Non, rien, avance.

Mais alors il n'y est pour rien si mon frère est parti pour le STO.

Ça me rend mal à l'aise, cette idée, et je frissonne.

– T'as froid ? chuchote Benjamin.

Il trébuche de plus en plus souvent, il fatigue. C'est normal, ça commence à grimper sec, nos chaussures glissent sur la mousse, on se rattrape aux branches comme on peut. Heureusement il y a des rochers qui forment comme des marches, mais on doit lever les jambes haut, c'est trop dur pour lui.

– Monte sur mes épaules, tu me tiendras chaud, je lui réponds.

Je m'accroupis, il s'installe et je poursuis l'ascension, les cuisses en feu.

Bientôt ça va redescendre, ça sera encore plus difficile, il faudra faire attention de ne pas tomber.

Du coup, je comprends pourquoi Dugain n'a pas pu s'empêcher de donner une claque à mon frère qui l'accusait de fricoter avec les Allemands.

Forcément, il n'a pas aimé.

Je secoue la tête en soupirant.

Ma vengeance ne vaut plus rien, même si je ne pouvais pas deviner.

Tant pis, c'est fait, je ne peux pas revenir en arrière, surtout que là je dois filer droit devant.

On attaque la pente, je manque glisser à chaque pas pourtant je tiens bon.

En bas, je m'arrête net.

Du bruit, tout près. Je recule vite, je me cache derrière le large tronc d'un sapin. Je ne respire plus, et Benjamin non plus.

Quelques secondes plus tard, trois sangliers passent devant nous à toute allure.

Fausse alerte.

– Ça va, on peut continuer, je chuchote.

– T'es sûr?

– Oui!

Je prends à droite, je progresse rapidement malgré les creux et les bosses sous mes semelles, mais je commence à avoir mal aux pieds. J'essaie de ne pas y penser, de me concentrer sur autre chose.

Sur la proposition d'Émile, par exemple.

Il aimerait qu'on se prête nos livres. Mes Jules Verne contre ses Alexandre Dumas. Je ne sais pas, je ne voudrais pas qu'il les abîme, il n'est pas vraiment du genre soigneux. Sauf que *Le Comte de Monte-Cristo*, ça me tente bien, je ne l'ai pas lu, alors peut-être que je vais accepter finalement.

Oh merde!

Merde de merde de merde.

Je me suis trompé de chemin.

On aurait dû déboucher sur la clairière de la Douline. Au lieu de ça, nous voilà devant les rochers branlants, ceux qui bougent quand on glisse une pièce en dessous.

Qu'est-ce que j'ai fabriqué ?

Je m'arrête pour regarder la carte à l'aide de la lampe de poche.

Oui, je me suis complètement planté. Après la descente, j'aurais dû prendre à gauche, encore un sentier qui grimpe, et moi j'ai bifurqué à droite sans réfléchir, comme pour aller à la cascade où on se baignait, Gilbert et moi.

Benjamin s'est endormi. Tant mieux, il ne saura pas que j'ai fait une bourde, ça lui ficherait une trouille pas possible.

On ne sera jamais à l'heure au rendez-vous.

Je rebrousse chemin, je trottine, j'ai le dos en miettes. Le môme pèse sur mes épaules, les gourdes et le fusil rebondissent sur mes reins à chaque pas.

Il me faut dix minutes pour retrouver la bonne direction.

Là, je ne suis pas loin de paniquer.

Le type ne va jamais nous attendre.

En vélo

« Comme on ne trouve plus de carburant
J'ai vendu ma bagnole trois cents francs
Et vlan !
Je m'suis payé un vélo hors concours
Qui part le matin au quart de tour
D'amour !
J'ai diminué de cent pour cent mes frais
Je n'use que de l'essence de jarret,
C'est vrai !
Et j'en ai vu d'autres, et des types de choix,
Pédaler devant moi... »

Extrait de *En vélo* (1940)
Paroles de Georges Guibourg/Éd. Beuscher
Arpège.

Mercredi 3 octobre, 4 h 25

En effet, il ne nous a pas attendus.

Au carrefour du Caillou Noir, il n'y a personne.

J'ai tout gagné, moi.

Non seulement j'ai massacré Dugain, mais en plus je n'ai pas été fichu de faire passer le gamin.

– Benjamin, écoute-moi !

Je lui tapote les mollets, je m'accroupis pour qu'il descende.

Il tient à peine debout, je lui tends la gourde, l'eau va le réveiller.

– Le monsieur est parti, je lui dis doucement pour ne pas l'affoler. Où est-ce qu'il devait te conduire ?

Il soupire, il tremble de froid, il cligne des yeux, trop endormi pour avoir peur.

– J'sais pas… enfin si… mon père m'a expliqué qu'il venait de Suisse, ce monsieur, qu'on franchirait la frontière puis qu'il m'emmènerait chez une dame à la campagne, là-bas.

La frontière, la Suisse…

Oui, évidemment.

Je ressors la carte, pas question de me tromper une nouvelle fois.

La frontière, c'est à une bonne heure de marche, vers l'est.

Le bonhomme a au moins vingt-cinq minutes d'avance.

Je vois par où couper. Ça ne sera pas facile, le terrain est accidenté, mais je parviendrai peut-être à le rattraper.

– Remonte sur mon dos. Je vais courir, tu auras mal aux fesses mais je ne veux pas t'entendre, compris ? Et je laisse les gourdes ici, je serai plus léger.

Une minute plus tard, on repart.

– Accroche-toi, et éclaire-moi avec la lampe.

Il agrippe mes épaules et, au lieu de suivre la direction que le type a dû emprunter, je m'enfonce entre les arbres, j'écarte les branchages avec mes bras et je fonce, enfin j'essaie.

Par là, c'est plus dur, mais on ira plus vite, et on retombera sur le chemin principal.

Au bout de dix minutes je m'arrête pour reprendre mon souffle. Je n'en peux plus, j'ai les chevilles en compote et j'ai failli me casser la figure deux fois. Le petit éteint la lampe et me chuchote à l'oreille :

– Là-bas, à droite, j'ai entendu du bruit, je crois qu'il y a quelqu'un.

Je ferme les yeux et je me concentre.

Oui, un bruit de pas rapides, pas très loin, il a raison.

J'avance doucement en essayant de ne pas faire craquer les feuilles mortes sous mes pieds. De toute ma vie mon cœur n'a jamais battu si fort si longtemps. Je sens Benjamin tendu sur mon dos, il resserre les bras autour de mon cou.

– Attention tu m'étrangles, je murmure.

Les troncs s'éclaircissent, le sentier est tout près. J'écoute encore. Le bruit s'estompe devant nous.

– C'est peut-être le monsieur du rendez-vous, je dis à voix basse.

Ou peut-être pas.

Il faut que j'aille voir de plus près.

Seul.

– Descends, je commande au gamin, et bouge pas de là, d'accord ?

Il hoche la tête, met pied à terre et se colle derrière un arbre.

Il n'en mène pas large, mais je n'ai pas le choix.

J'avance prudemment, je reste à couvert, je longe le bord du chemin pour pouvoir me planquer au cas où.

Je plisse les yeux, il me semble que j'aperçois une silhouette au loin, mais je ne suis pas sûr, je ne distingue pas grand-chose.

Punaise, dans quoi je me suis lancé...

Le môme doit être mort de peur.

Moi aussi.

Je m'arrête.

On n'entend plus rien. Normalement, le gars, devant, devrait faire du bruit en marchant, le sol est tapissé de brindilles sèches.

Je ne suis pas tranquille, j'ai envie de laisser tomber quand soudain une lumière blanche m'aveugle et quelqu'un me hurle dessus avec un accent.

Un sale accent.

— À genoux ! À genoux tout de suite, les mains en l'air !

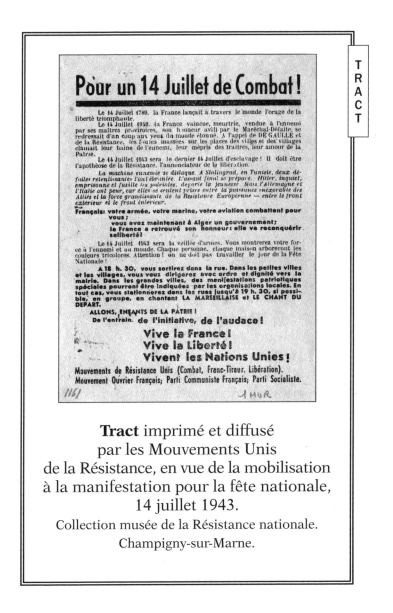

Tract imprimé et diffusé
par les Mouvements Unis
de la Résistance, en vue de la mobilisation
à la manifestation pour la fête nationale,
14 juillet 1943.
Collection musée de la Résistance nationale.
Champigny-sur-Marne.

AVIS

En vue d'inciter la population à entrer dans les groupes de résistance, les puissances ennemies tentent de répandre dans le peuple français la conviction que les membres des groupes de résistance, en raison de certaines mesures d'organisation et grâce au port d'insignes extérieurs, sont assimilés à des soldats réguliers et peuvent de ce fait se considérer comme protégés contre le traitement réservé aux francs-tireurs.

A l'encontre de cette propagande, il est affirmé ce qui suit :

Le droit international n'accorde pas, aux individus participant à des mouvements insurrectionnels sur les arrières de la puissance occupante, la protection à laquelle peuvent prétendre les soldats réguliers. Aucune disposition, aucune déclaration des puissances ennemies ne peuvent rien changer à cette situation.

D'autre part, il est stipulé expressément, à l'article 10 de la convention d'armistice franco-allemande, que les ressortissants français qui, après la conclusion de cette convention, combattent contre le Reich Allemand seront traités par les troupes allemandes comme des francs-tireurs.

La puissance occupante, maintenant comme auparavant, considèrera de par la loi les membres des groupes de résistance comme des francs-tireurs. Les rebelles tombant entre leurs mains ne seront donc pas traités comme prisonniers de guerre et seront passibles de la peine capitale **conformément aux lois de la guerre.**

Der Oberbefehlshaber West.

Affiche émanant des autorités allemandes concernant les groupes de résistants qui, considérés comme francs-tireurs et non comme soldats réguliers, encourent la peine capitale en cas de capture.

Affiche sans lieu ni date.

Document conservé aux Archives nationales, Paris (Archim Cote 72AJ/930).

Mercredi 3 octobre, 4 h 45

J'obéis, et je ne respire plus.

On s'approche de moi, je suis ébloui, je ne vois rien.

Le type baisse sa lampe, mais pas la mitraillette qu'il tient dans la main droite. Il crie encore :

– T'es qui ?

Je ne sais pas quoi répondre. Je me tais, je détourne le regard, je sens que ça l'énerve.

Et lui, c'est qui ?

Il arrache le sac de mes épaules, il l'ouvre et renverse le contenu par terre.

La carte, l'argent, le saucisson.

Il ramasse la carte et l'argent et il se marre. Puis il reprend son sérieux pour râler.

– J'ai attendu dix bonnes minutes au Caillou Noir, personne ! Il est où Dugain ?

Je souffle comme un ballon crevé tellement je suis soulagé.

– Chez lui, il est... il est malade, il n'a pas pu venir, il m'a envoyé.

– Et le môme ?

– Là, derrière. Benjamin ? Amène-toi !

Je me relève, le gamin rapplique en courant et il se blottit contre moi.

Le type glisse prestement l'argent dans sa poche.

– T'expliqueras à Dugain que je ne veux pas de retard la prochaine fois, ça peut tout faire rater. L'itinéraire et l'horaire, je ne les établis pas au hasard mais en fonction des patrouilles, compris ?

Je hoche la tête, je ne lui précise pas que Dugain, si ça se trouve il est mort, alors il n'y aura peut-être pas de prochaine fois.

– On y va, il annonce au petit.

Je serre l'épaule de Benjamin, je le pousse en avant mais il résiste, il demande :

– T'es pas allemand, t'es sûr ?

L'autre rigole.

– Non, bien sûr que non, jamais de la vie.

– Alors pourquoi tu parles comme ça ?

– C'est l'accent de chez nous, tu t'habitueras. Allez, viens.

Il prend le môme par la main, et il s'en va. Il ne me dit même pas au revoir, ce malpoli.

Benjamin, lui, il se retourne. Il me fait signe, longtemps.

Je lui réponds jusqu'à ce qu'ils disparaissent tous les deux dans la lueur de ma lampe.

T R A C T

Vous n'aurez pas les enfants !

Sur l'ordre des Allemands, le préfet Angeli exige qu'on lui livre 160 enfants juifs de deux à seize ans.

Ces enfants ont été confiés au Cardinal Gerlier par leurs parents que Vichy a déjà livrés à Hitler.

Le cardinal a déclaré au Préfet :

« Vous n'aurez pas les enfants. »

Le conflit est ouvert, le conflit est public.

L'Eglise de France se dresse contre l'ignoble Tartarin raciste.

Français de toutes opinions, de toutes croyances, écoutez l'appel de vos consciences, ne laissez pas livrer des innocents aux bourreaux.

LES MOUVEMENTS DE RESISTANCE.

Tract des mouvements de résistance dénonçant la déportation d'enfants juifs. Octobre 1942.
Conseil général de la Savoie, archives départementales, Cote 1382W102.

Mercredi 3 octobre, 5 h 10

Ma mère est debout, à l'heure qu'il est.

Pourvu qu'elle n'ait pas remarqué que mes galoches ne sont plus à côté de la porte.

Si elle monte à l'étage, si elle voit que je ne suis plus là...

Je marche aussi vite que je peux.

Je cours même par moments, malgré la fatigue.

Je crève de soif, je donnerais n'importe quoi pour récupérer les gourdes que j'ai abandonnées derrière moi.

J'ai croqué un bout de saucisson, je n'aurais pas dû, j'ai la bouche sèche et pleine de sel maintenant, une vraie torture. Mais ce qu'il était bon, ce saucisson !

Tout à l'heure quand j'ai rebroussé chemin, je me sentais léger comme si je ne pesais pas plus que Benjamin.

J'en oubliais mes jambes et mon dos fourbus tellement j'étais content.

D'avoir traversé la forêt sans faire de mauvaises rencontres, d'avoir confié le môme à qui il fallait.

Et puis peu à peu, le contentement a diminué et, tout d'un coup, il a disparu.

Il ne reste plus qu'une peur immense.

Si Dugain est mort, je suis fichu.

Même s'il est gravement blessé, je suis fichu.

Les flics ne sont pas si bêtes, ils comprendront vite.

J'ai forcément laissé des indices derrière moi.

Ils ne me croiront pas si je dis que c'est un accident, que je l'ai poussé mais que non, je ne voulais pas le tuer.

J'irai en prison.

Les parents, leur vie elle est finie.

Gilbert, d'abord, et maintenant moi.

Peut-être que j'aurais dû suivre le type jusqu'à la frontière, passer de l'autre côté, moi aussi, pour qu'on ne me retrouve jamais

Au lieu de ça, je fonce droit chez nous.

La nuit s'échappe, j'y vois mieux, j'ai aperçu deux chevreuils tout à l'heure. Si mon père retrouvait un peu de courage, il pourrait retourner à la chasse comme avant. Ça l'occuperait et on aurait de quoi manger.

Je l'accompagnerais. Je prendrais le fusil de Gilbert, le mien ne vaut vraiment rien. Et je tirerais sur le gibier, sans me dégonfler.

Mais bon, si je vais en taule, la chasse, je peux oublier.

Et peut-être que je risque la peine de mort.

La décapiteuse, comme disait ma grand-mère.

Rien que d'y penser, je me masse la nuque.

En attendant, même si je file vers la mort, faut que je mette un pied devant l'autre.

Le maquis représente la liberté pour nombre de jeunes gens réfractaires. Là, ils prennent les armes et entament un combat périlleux.

Ceux du maquis

« Ils se sont enfuis dans la nuit
Pour ne pas aller en Allemagne
Quittant leurs parents, leurs amis,
Se cachant dans la montagne.
Et pour mieux servir leur pays
Ils ont pris le maquis. »

Paroles Maurice Van Moppes, musique Francis Chagrin, 1943. Éd. Francis Salabert.

LA DESOBEISSANCE
est le plus sage des devoirs

Le honteux chantage de la Relève a échoué.

Laval avait promis pour le 30 Septembre 150.000 spécialistes à l'industrie de guerre nazie. C'est par la force que de nouveaux otages seront livrés à l'ennemi. La loi du 4 Septembre 1942 institue la mobilisation civile au service de l'Allemagne, le travail forcé au profit de l'envahisseur.

EMPLOYEURS, SALARIÉS :

Vous saboterez l'exécution de la loi allemande par tous les moyens ;

Vous ralentirez les opérations de recensement par le retard et l'inexactitude de vos déclarations ;

Vous invoquerez tous les motifs de santé et de famille pour éviter votre déportation en zone occupée, puis en Allemagne ;

Vous vous ferez déclasser professionnellement s'il le faut ;

Vous vous opposerez jusqu'au bout à la réquisition par une désobéissance passive, absolue.

Contre une désobéissance générale, la police est impuissante.

POUR VAINCRE LES ENNEMIS DE LA PATRIE : DESOBEISSANCE, ENCORE DESOBEISSANCE, TOUJOURS DESOBEISSANCE.

LIBERATION

Tract du mouvement de résistance
« Libération » dans l'ensemble
du département, fin février 1943.
Archives départementales
du Lot-et-Garonne, Cote 1 W 71.

Bekanntmachung

Der Angeklagte

Louis BERRIER

wohnhaft in Ernes (Calvados)
hat eine Brieftaube mit Nach-
richten für England fliegen
lassen.

Er wurde deshalb vom Kriegsgericht wegen Spionage zum

TODE

verurteilt und am 2. August 1941

ERSCHOSSEN.

Den 3 August 1941.   **Das Kriegsgericht.**

ARRÊT
de la Cour Martiale

Pour s'être livré
à des actes **d'espionnage** en corres-
pondant **avec l'Angleterre** à l'aide
d'un **pigeon voyageur,** le nommé

Louis BERRIER

domicilié à Ernes (Calvados), a été
condamné à la

PEINE DE MORT

Il a été
FUSILLÉ
le 2 Août 1941

Fait le 3 Août 1941.   **La Cour Martiale.**

Affiche des autorités allemandes
en représailles
d'un acte de désobéissance.
Document conservé aux Archives nationales,
Paris (Cote 72AJ/933).

Mercredi 3 octobre, 6 h 40

Le vélo de ma mère n'est plus là.

Elle est sûrement partie depuis un moment, avec Momo à côté d'elle, à courir sur la route, la langue pendante.

Donc elle ne sait pas que ma chambre est vide parce que sinon, je la connais, elle serait restée jusqu'à ce qu'on me retrouve, elle aurait réveillé mon père, ils m'auraient cherché partout, un vrai bazar.

La ferme de Dugain, malheureusement, elle est toujours là. J'aurais préféré qu'elle s'envole, qu'elle disparaisse, qu'elle n'existe pas.

Je me dépêche de passer par la fenêtre du fond, je manque me casser la figure au milieu des caisses.

J'ai mal au ventre à m'en plier en deux, tellement j'ai la trouille de le trouver mort, le voisin, et qu'on m'accuse d'être un criminel.

Je traverse le couloir sombre en m'appuyant au mur, j'ai si peur que je vais flancher, m'évanouir, et je débarque dans le salon, hors d'haleine. Sur le tapis, il n'y a personne.

Il est où, le gros ?

Je regarde partout, tellement affolé que je ne vois rien.

Respire, je me dis, du calme.

Je fais un pas dans la pièce, un deuxième, et enfin je l'aperçois.

Il est allongé sur cette vilaine banquette en tissu que les Nompeix ont laissée.

Sous la couverture.

Il a dû se hisser là tout seul.

Il est pâle.

Bien trop pâle.

Je m'approche sur la pointe des pieds, je me penche.

Il ouvre les yeux et je crie tellement je suis surpris.

Il n'a pas l'air frais, mais il est vivant.

Vivant !

— Alors ? il souffle.

— C'est bon, je réponds. Le petit est passé.

Il ferme les paupières, il se tait, je ne sais pas quoi dire.

J'attends, les bras ballants, devant lui.

Du bout des doigts, il me demande de me baisser encore.

– Tu vas prendre mon vélo, il m'ordonne à voix basse.

Il ne me regarde pas, mais je hoche la tête quand même.

– Et tu vas au bourg chercher le toubib. Tu lui expliques que tu m'as trouvé comme ça, que je suis tombé dans l'escalier cette nuit, que j'avais sûrement trop bu.

J'ouvre grand la bouche tellement je n'en reviens pas, comme si j'allais gober un œuf, et pourtant je n'aime pas ça.

– Je suis robuste, il continue, et je pense que c'est pas si grave. Un mauvais coup, une bosse sur la nuque. Allez, file.

Mais je ne bouge pas. Sauf mes mains qui tremblent, comme les moutons de la mère Peroteau, l'année dernière, qui avaient attrapé une sale maladie.

– File, je te dis, il répète plus fort.

– Oui, m'sieur.

Quand je suis à la porte, il me rappelle.

– Paul ?

– Oui ?

– Ne crois pas pour autant que tu vas t'en tirer comme ça.

Je m'immobilise.

– Les prochains mardis, il y aura d'autres mômes à faire passer. C'est toi qui t'en chargeras. Moi, je suis trop mal en point, trop gros, trop vieux. Et tu viendras aider Claude, pour les vignes et les bêtes. Je te donnerai un peu d'argent.

Je ne réponds rien, je regarde le plancher, mes godillots, j'essaie de retrouver mon souffle qui reste bloqué dans ma poitrine.

– T'as compris ?

– Oui, m'sieur.

– Alors vas-y, presse-toi.

J'acquiesce, pourtant je ne bouge pas. J'hésite, puis j'ose :

– M'sieur ?

– Quoi ?

– Vous êtes... vous êtes un résistant, c'est ça ? Vous faites partie d'un réseau et... moi aussi ?

Il esquisse une drôle de grimace, je crois que c'est un sourire.

– Chut ! Tais-toi donc, tu n'as pas besoin d'en savoir plus pour le moment. Et pas un mot à qui que ce soit, t'entends ? File.

Je hoche la tête, j'obéis et je passe par l'entrée cette fois.

Dehors, je m'appuie dos au mur, j'ai le vertige et la bouche sèche comme du papier de verre, je n'ai même pas pensé à boire.

La lune s'est fait la malle, pas de soleil aujourd'hui, rien que des nuages gris sale.

Mais je m'en fous.

Je viens de le retrouver, ce petit quelque chose que j'avais perdu quand Gilbert est mort.

Ce petit quelque chose dont le nom m'échappe, et qui est si bon.

Je jette un coup d'œil sur notre maison en enfourchant le vélo de Dugain.

Mon père doit être sur le point de se lever, il va crier :

– Paul, mets l'eau à chauffer pour la chicorée.

Bien sûr je ne descendrai pas de ma chambre, alors il va crier plus fort :

– L'eau, je te dis !

Vas-y, crie tant que tu veux, je m'en fiche pas mal.

Ta chicorée, tu n'as qu'à la préparer tout seul pour une fois.

Moi, j'ai mieux à faire.

Le chant des partisans

Joseph Kessel et Maurice Druon ayant quitté la France pour rejoindre les Forces Françaises Libres à Londres, ont composé en mai 1943 les paroles du CHANT DES PARTISANS sur une musique d'Anna Marly.

D'abord indicatif d'une émission de la radio britannique BBC, cet hymne devient un signe de reconnaissance dans le maquis. On le fredonne, on le siffle surtout, par prudence.

Ami, entends-tu le vol noir des corbeaux
Sur nos plaines ?
Ami, entends-tu
Les cris sourds du pays
Qu'on enchaîne ?
Ohé ! partisans,
Ouvriers et paysans
C'est l'alarme !
Ce soir l'ennemi
Connaîtra le prix du sang
Et des larmes

Montez de la mine,
Descendez des collines,
Camarades,
Sortez de la paille,
Les fusils, la mitraille,
Les grenades...
Ohé ! les tueurs
À la balle ou au couteau
Tuez vite !
Ohé ! saboteur,
Attention à ton fardeau...
Dynamite !

C'est nous qui brisons
Les barreaux des prisons
Pour nos frères,

La haine à nos trousses
Et la faim qui nous pousse,
La misère…
Il y a des pays
Où les gens au creux du lit
Font des rêves ;
Ici, nous, vois-tu,
Nous on marche et nous on tue,
Nous on crève.

Ici chacun sait
Ce qu'il veut, ce qu'il fait
Quand il passe…

Ami, si tu tombes
Un ami sort de l'ombre
À ta place.
Demain, du sang noir
Séchera au grand soleil
Sur les routes.

Sifflez compagnons,
Dans la nuit la liberté
Nous écoute…

LE CHANT DES PARTISANS
Paroles de Maurice DRUON et Joseph KESSEL
Musique d'Anna MARLY
© Éditions Raoul BRETON

Jeune militant communiste, fils de député, Guy Môquet est arrêté à seize ans sur dénonciation, le 13 octobre 1940. Transféré dans un camp à Châteaubriant, il fait partie des vingt-sept otages fusillés par les Allemands en représailles de l'assassinat du commandant des troupes d'occupation Karl Hotz le 22 octobre 1941. Il a dix-sept ans. Comme ses compagnons, il refuse qu'on lui bande les yeux et crie « Vive la France ! » avant de tomber sous les balles.

La lettre de Guy Môquet

Châteaubriant, le 22 octobre 1941

Ma petite maman chérie,
mon tout petit frère adoré,
mon petit papa aimé,

Je vais mourir ! Ce que je vous demande, à toi en particulier petite maman, c'est d'être très courageuse. Je le suis et je veux l'être autant que ceux qui sont passés avant moi. Certes, j'aurais voulu vivre. Mais ce que je souhaite de tout mon cœur, c'est que ma mort serve à quelque chose. Je n'ai pas eu le temps d'embrasser Jean. J'ai embrassé mes deux frères Roger et Rino. Quant à mon véritable je ne peux le faire, hélas !

J'espère que toutes mes affaires te seront renvoyées, elles pourront servir à Serge, qui, je l'escompte, sera fier de les porter un jour. À toi petit papa, si je t'ai fait ainsi qu'à ma petite maman bien des peines, je te salue pour la dernière fois. Sache que j'ai fait de mon mieux pour suivre la voie que tu m'as tracée.

Un dernier adieu à tous mes amis, à mon frère que j'aime beaucoup. Qu'il étudie, qu'il étudie bien pour être plus tard un homme.

17 ans et demi, ma vie a été courte, je n'ai aucun regret, si ce n'est de vous quitter tous. Je vais mourir avec Tintin, Michels. Maman ce que je te demande, ce que je veux que tu me promettes, c'est d'être courageuse et de surmonter ta peine.

Je ne peux pas en mettre davantage. Je vous quitte tous, toutes, toi maman, le Serge, papa, en vous embrassant de tout mon cœur d'enfant. Courage !

Votre Guy qui vous aime

Transcription de la dernière lettre de Guy Môquet, écrite le 22 octobre 1941 au camp de Choisel à Châteaubriant (Loire-Atlantique). Collection Musée de la Résistance Nationale - Champigny-sur-Marne - Fonds Saffray-Môquet.

Le fantôme
de Sarah Fisher

Sarah se réveille... fantôme et veut découvrir pourquoi elle est morte. Convaincue d'avoir été assassinée, elle hante l'orphelinat où elle a vécu afin d'identifier son agresseur.

Murder party

Pour faire de sa fête d'anniversaire un jour inoubliable, Max a organisé une murder party géante dans la forêt.
Mais bientôt le jeu dérape et vire au drame…

Sauve-toi Nora !

Lycéen, Félix est hanté par d'étranges visions et entend une voix paniquée hurler « Sauve-toi Nora ! ».
De quoi s'agit-il ? Saura-t-il protéger la jeune fille ?

L'AUTEUR

Agnès Laroche est née en 1965 à Paris, elle vit aujourd'hui à Angoulême.

Son principal trait de caractère : la distraction, son mari et ses trois enfants peuvent hélas en témoigner chaque jour ! Même quand elle est là, elle est ailleurs. Un ailleurs où fourmillent les rêves et les idées grâce auxquels elle invente des histoires pour les enfants, les adolescents ou leurs parents. Elle est l'auteur de nombreuses fictions diffusées à la radio, de romans pour la jeunesse et de récits publiés en presse enfantine.

Son plus grand plaisir : faire en sorte que ses livres soient autant de petites maisons dans lesquelles les lecteurs se sentent chez eux, de la première à la dernière page.

Vous pouvez la retrouver sur son blog : agneslaroche.blogspot.fr

Retrouvez tous les titres de la collection

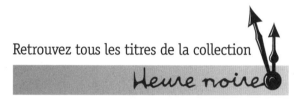

www.rageot.fr

et

www.livre-attitude.fr

RAGEOT s'engage pour
l'environnement en réduisant
l'empreinte carbone de ses livres.
Celle de cet exemplaire est de :
436 g éq. CO$_2$
Rendez-vous sur
www.rageot-durable.fr

PAPIER À BASE DE
FIBRES CERTIFIÉES

Achevé d'imprimer en France en septembre 2013
par l'imprimerie Hérissey à Évreux.
Dépôt légal : octobre 2013
N° d'édition : 5992 - 01
N° d'impression : 121114